KB059170

잃어버린 시간을 위한

문학 기행

잃어버린 시간을 위한
문학 기행

초판 1쇄 인쇄_ 2012년 3월 30일
초판 1쇄 발행_ 2012년 4월 10일

지은이_ 이병주

엮은이_ 김윤식·김종회

펴낸곳_ 바이북스
펴낸이_ 윤옥초

편집팀_ 이성현, 도은숙, 김태윤, 이현실, 문아람
디자인팀_ 박은숙, 이민영, 윤혜림, 남수정, 윤지은
ISBN_ 978-89-92467-66-7 03810

등록_ 2005. 07. 12 | 제 313-2005-000148호

서울시 마포구 서교동 395-166 서교빌딩 703호
편집 02) 333-0812 | 마케팅 02) 333-9077 | 팩스 02) 333-9960
이메일 postmaster@bybooks.co.kr
홈페이지 www.bybooks.co.kr

책값은 뒤표지에 있습니다.

책으로 아름다운 세상을 만드는 - 바이북스

이병주 에세이

잃어버린 시간을 위한
문학 기행

김윤식·김종회 엮음

바이북스
ByBooks

일러두기

1. 연재 당시의 내용을 그대로 살리되, 편집상의 오류를 바로잡고 기본 맞춤법은 오늘에 맞게 수정했다.

2. 외래어는 국립국어원을 기준으로 표기하되, 지명·인명 등의 원어를 유추하기 어려운 경우 원문의 것을 그대로 실었다.

호사스런 폐허의 매력

1971년 로마 1

호사스런 폐허의 매력
– 1971년 로마 1

일러 레오나르도 다빈치 공항이다. 그 공항을 나서며 마음 속으로 중얼거렸다.

"드디어."

'내가 로마에 왔다'고 이어질 것이지만 그 말은 삼켜버리고 하늘을 보았다. 그날 로마의 하늘은 푸르렀다.

시계를 보았다. 하오 3시.

난생처음으로 로마에 왔을 때 사람들은 무엇을 생각하는 것일까. 나는 내 나이를 생각했다. 50세.

2차대전, 6·25동란, 기타. 그 격동의 50년을 살아남아 이 나이에 비로소 로마에 왔다고 생각하니 가슴이 찡했다. 나는 로마에 오기까지 50년의 세월이 걸린 것이라고 생각하기로 했다, 택시 안에서.

"모든 길은 로마로 통한다."

그러나 그 모든 길에 우리의 길이 끼었을 까닭이 없다고 생각하면서도 나는 로마를 보지 못하고 죽은 숱한 친구들의 얼굴을 기억 속에 떠올렸다. 우리 한국인은 로마와 무관하게 생로병사生老病死할 수 있다는 얘기도 된다. 그렇다면 로마는 우리에게 있어서 이방異邦이 아닌가. 나는 한갓 관광객이 아닌가. 그럴 수는 없을 것이란 생각이 들기도 한다.

바이런처럼

"오오, 로마여! 나의 고국, 나의 영혼의 도읍이여!"

하고 외칠 순 없을망정 로마를 이방으로 치기엔 너무나 많은 동경이 나의 가슴속에 응어리를 새기고 있는 것이다.

호텔 아란치에 짐을 풀었다. 호텔 아란치는, 어쩌면 모라비아의 소설에 나타남 직도 한 한적한 거리에 자리잡고 있는 조그마한 호텔이다. 남의 눈을 두려워하는 남녀의 밀회 장소로서 어울릴 것 같은 비밀스러운 분위기이다.

내가 묵게 된 2층의 방 창문 앞에 두세 그루의 오렌지가 황금의 열매를 맺고 있었다. 4월에 오렌지가 열매를 맺는 것인지 이탈리아, 아니 로마의 4월이니 오렌지가 황금빛으로 되는 것인지 알 수가 없다. 아무튼 이탈리아 말로는 오렌지는 아란치이다. 그래서 호텔의 이름이 아란치였던 것이다.

대강 짐을 챙겨놓고 바깥으로 나갔다. 안내서를 보고 예정한 대로 택시를 타고 포로 로마노로 갔다.

포로 로마노는 팔라티노 언덕과 카필톨리노 언덕과의 사이에 있다. 신전神殿, 궁전, 회의장 등의 폐허가 2천 년의 풍상을 견디어 고대의 모습으로 나타나 있다. 석양을 받아 원주圓柱, 돌, 풀들이 그늘을 동반하여 선명한 그림이었다. 2천 년 저편으로 사라져 간 영화의 편편片片. 폐허가 이처럼 호사스러울 수 있을까. 문명의 호사가 폐허를 통해서만 비로소 빛날 수 있다는 것은 역사란 원래 허망虛妄의 바닥에 놓인 수繡와 같은 것이기 때문이다.

우리 경주慶州엔, 우리 부여夫餘엔 폐허마저 없다는 생각이 들었다. 유적은 있으되 폐허가 없다는 것은 폐허를 남길 문명의 무게가 없었다는 뜻으로도 된다. 포로 로마노의 폐허는 남기지 않으려야 남기지 않을 수 없는 폐허이다. 이를테면 아직도 그 폐허는 발언권을 가지고 있다.

한때 이곳에 만족蠻族을 정복하고 개선한 시저를 환영하는 군중의 열광이 있었다. 시저의 암살과, 그 사건에 따른 원로원 의원들의 흥분이 있었다. 브루투스의 웅변이 있었고, 안토니우스의 항변이 있었다. 포로 로마노의 폐허는 이처럼 할 얘기를 많이 가지고 있다. 그 얘기를 소상하게 알려면 도서관에 찾아 가서 셰익스피어 작품을 펴보면 된다. 기본의 《로마 흥망사》를 읽으면 된다.

시저의 성시盛時, 한반도엔 신라新羅가 있었다. 서라벌 육촌六村이 추대하여 거세간居世干이 된 박혁거세가 알영關英을 왕비로 삼았을 무렵, 시저와 클레오파트라는 서로 열애하는 중이었다. 종신 통령統領이 된 시저가 원로원에서 살해된 해는 서기

44년, 박혁거세 14년이다.

그때 로마엔 정치가 있었고 웅변이 있었다. 신라에도 정치가 있었을 것이고 웅변도 있었을 것이다. 그러나 로마 그 당시의 정치와 웅변은 기록으로써 남아 있다. 포로 로마노의 폐허처럼, 그 정도론 기록이 남아 있다. 신라의 정치와 웅변은 기록으로써 남아 있지 않다. 다시 말하면 폐허조차 없는 것이다.

나는 카필톨리노의 언덕에 앉아 조국을 생각하고 내 고향을 생각했다. 동시에 로마에 이르기까지의 내 50년의 생애를 반추해 보았다.

내 고향은 대한민국 하동군 북천면 화정리花亭里. 지리산이 남쪽으로 뻗은 무수한 지맥支脈 가운데의 골짜기에 이끼처럼 엉켜 있는 쓸쓸한 마을이다. 시저가 브리타니아, 갈리아를 정복하고 클레오파트라와 사랑을 속삭이고 있었을 무렵엔 아마 무인無人의 산하가 아니었을까. 고종高宗 1년, 즉 1864년의 한국 총 인구가 682만이란 기록이 있는 것을 보면 그보다 천 수백 년 저편의 인구는 50만에도 미달했을 것이니 그때 그곳, 지금의 내 고향에 사람이 살았을 까닭이 없다.

내 고향은 지금도 쓸쓸하기 짝이 없는 곳이다. 진주에서 20킬로미터쯤의 상거에 있는 곳인데도 간선도로마저 포장이 되질 않아 길에 돌멩이가 구르고 있다. 도로 사정만 보아서도 50년 전이나 지금이나 별반 다를 것이 없다. 나는 우리 고향을 한국에서 가장 뒤진 곳으로 치고 있다. 그런 곳을 고향으로 하고 있는 사람이 2천 년 전의 호사스런 흔적과 피아·앗피아·안티카를 보았을 때의 감회가 어떠하겠는가. 비아·아피아·안티카는 로마 남쪽의 성문 성聖세바스티안을 기점으로 하여 남부 이탈리아의 프린티지까지 통한 고대의 군용도로이다.

그 도로의 연변에서 소년시대를 보낸 사람들과 아직도 포장되지 않은 도로의 연변에서 소년시절을 보낸 사람들의 의식구조, 아니 의식의 형성과정을 비교하면 어떻게 될까. 이런 황당무계한 상상을 하게 되는 것도 지리산 언저리에서 생을 받은 하나의 시골뜨기가 로마의 카필톨리노 언덕에 앉아 있기 때문이다.

2천 년 전의 로마인과 그때의 한국을 비교하면 분명히 문명인과 야만인의 대조로서 나타날 것이지만 지금의 평균적인 이탈리아인과 나를 비교하면 어떻게 될 것인가 하는 엉뚱한 생각을 해본다. 그들은 한국에 대해 전무식全無識에 가깝다. 그러나 나는 이탈리아에 관해, 로마에 관해 어느 정도의 지식을 가지고 있다. 나는 키케로와 세네카의 문장을 읽었고, 레오나르도 다빈치와 미켈란젤로의 예술을 이해한다. 그러나 그것으로써 그들에 대한 나의 우월을 증명할 수 없는 것은 우리는 그들을 배워야만 세계를 인식할 수 있고, 우리를 배우지 않아도 그들의 세계 인식은 든든할 수가 있기 때문이다.

결국 유럽인이란 무엇인가, 한국인이란 무엇인가 하는 문제가 되지 않을 수 없다.

유럽인이란 무엇인가.

폴 발레리는 첫째로 로마의 영향을 받은 지역에 사는 사람들을 유럽인이라고 했다. 기왕 로마가 지배한 곳, 로마제국이 공포와 선망의 대상으로 되어 있던 곳, 로마의 제도와 법률의 위엄, 사법의 장엄함이 인식되고, 그것을 모방하려고 한 곳이면 어디엔건 유럽적인 것이 있다는 것이다.

발레리는 기독교의 영향을 들고 있다. 로마가 어제의 적에게 시민권을 부여한 것처럼 기독교는 세례에 의해 기독교라는 새로운 격식을 주었다. 기독교는 차츰 라틴 민족의 세력지반 내에 퍼져 로마제국의 제형식諸形式을 채택하기에 이르렀다. 가능한 한 로마의 것을 섭취하여 예루살렘이 아닌 로마에 수도를 정했다. 로마의 정복이 정치적 인간에만 중점을 두고, 외적인 습관으로서만 정신을 지배하려고 한 데 반해 기독교는 사람의 의식 속에 파고들어갔던 것이다. 그렇게 하여 하나의 공통적인 법法, 하나의 공통적인 신神, 지상에서도 유일한 심판자, 영원에 있어서도 유일한 심판자가 나타난다. 그렇게 하여 유럽인의 또 하나의 특징이 형성되었다.

그러나 이것으로선 아직 부족한 유럽인이라고 폴 발레리는 말한다. 유럽인은 그 이지理智의 최선, 그 지식의 섬세함과 견고하고 미묘한 작용을 희랍으로부터 이어받았다는 것이다.

그러므로 로마제국은 다시 한번 찬미되어야 한다. 로마제국은 정복되기 위해 세계의 곳곳을 정복했다. 희랍이 침입했을 때, 기독교가 침입했을 때, 로마제국은 그들에게 자기들이 정복하고 조직화한 광내한 지면을 제공했다. 그렇게 하여 희랍 사상과 기독교의 관념이 그곳으로 유입되어 실로 불가사의한 교류교접交流交接을 이루게 되는 주형鑄型을 만들었다.

이어 발레리는 다음과 같이 말한다.

우리 유럽인이 희랍에서 얻은 것, 이것이야말로 가장 깊고 선명하게 다른 인류의 족속과 유럽인을 구별하는 것이다. 우리들은 '정신'의 규율, 모든 질서에 있어서의 완성된 규범을 희랍에서 섭취했다. 우리들은 모든 사물과 사상事象을 인간에게 결부시키는 사고방법을 희랍에서 배웠다. (……)여기에서 과학이 탄생했다. 우리들의 과학, 즉 우리 정신의 가장 독특한 산물이며 가장 확실한 개인의 영광으로 되는 우리들의 과학이 희랍에서 연원한 것이다. 유럽은 무엇보다도 과학의 창시자이다. 모든 예술은 다른 곳에서도 있었지만 진정한 제과학諸科學은 유럽에만 있었다. (……)

진정한 유럽인, 그 속에 유럽의 정신이 충전한 형상으로서 작동하고 있는 인간을 결정하는 근본적인 조건을 나는 이상 세 가지라고 생각한다. 로마의 영향, 기독교의 영향, 희랍의 영향, 기왕 시저, 가이우스, 트라야누스, 빌기우스의 이름과 모세, 성 베드로의 이름, 그리고 아리스토텔레스, 플라톤, 유클리드의 이름이 동시에 의미와 권리를 가지고 있었던 곳, 거기에 유럽이 있다. 로마화化되고, 기독교화化되고, 정신에 있어선 희랍인의 규율에 복종한 모든 인종과 모든 토지는 완전히 유럽적이다. ……요약하면 지구엔 인간적인 견지에서 보아 다른 지대地帶와는 결정적으로 구별되는 하나의 지대가 있다. 권력의 세계에 있어서도, 정밀지식의 세계에 있어서도, 유럽은 오늘 아직 지구의 타부분보다 훨씬 무겁다. 아니 말이 지나쳤다. 우월한 건 유럽이 아니다. 저 무서운 아메리카를 낳은 '유럽 정신'이다. '유럽 정신'이 군림하는 도처에 욕망의 최대한, 사업의 최대한, 자본의 최대한, 생산능력의 최대한, 야심의 최대한, 외적 자연변혁外的 自然變革의 최대한, 교섭과 교역의 최대한이 나타난다. 이 최대한의 총체가 '유럽'이다. 또는 유럽의 이마주相이다.

이것은 1922년 발레리가 취리히 대학에서 행한 강연이다. 50년이 지난 지금에 와서 유럽은, 특히 로마는 다른 면목을 갖게 되었다. 유럽은 지금 결코 최대한의 총체일 수가 없다. 유럽은 지금 최대한을 지향하고 있는 것이 아니라 평형平衡을 지향하고 있다. 아니 최대한을 향해 달린 노력을 후회는 안할망정 반성해보는 단계에 이르렀다. 그 많은 식민지를 해체하지 않으면 안 되었던 사정이 오늘의 유럽은 1922년의 유럽이 아니라는 사실을 증언하고 있다.

바꿔 말하면 특수지대로서의 유럽은 사라지고, 세계 전체가 유럽화하고 있는 것이다. 최대한의 노력은 일본 또는 중국이 맡은 역할이 되어버렸다. 그렇다고 해서 유럽의 영광이 사라진 것은 아니다. 유럽은 세계를 규모로 하여 그 영광을 유지하고 있는 것이다. 그런 뜻에서 로마는 우리의 로마이고, 희랍 또한 우리의 희랍이다. 내 짧은 50년의 생애를 되돌아보면 의식,

무의식 간에 유럽화의 과정이었다고 할 수가 있다.

나는 1921년 3월 16일 이 세상에 생을 받았다. 이 해는 나폴레옹이 죽은 지 백 년, 도스토옙스키가 탄생한 지 1년 전이고, 일본이 우리나라를 병합한 지 10년째이다.

대한독립군이 시베리아로 들어가고, 그 일부가 하바롭스크에서 한족공산당을 조직했다. 미국에서 개회된 태평양회의에 이승만, 서재필이 한족 대표로서 참석했다. 의열단원인 김익상 의사가 총독부 청사에 폭탄을 던졌다. 만주 간도에 산재하던 독립단체가 합류하여 대한국민단을 조직한 것도 이 해에 있었던 일이다. 우리의 할아버지, 아버지들이 갈피를 잡지 못했던 시대이다.

기골 있는 사람들은 조국 독립운동에 나섰고 그러지 못한 사람들은 체관諦觀을 익혔다. 일부 사람들은 일본에 아부하여 안일한 생활을 택했다. 가치관이 엇갈리게 된 것은 당연한 현상이었다. 이와 병행하여 새로운 문물의 유입이 있었고, 이에 대한 수구파守舊派의 완강한 저항이 있었을 것이다.

할아버지는 8형제 가운데의 여섯째이다. 한일합방 직전에 돌아가셨다. 할아버지는 국문國文이란 호를 가진, 제법 인근에 알려진 학자였다고 하지만 한일합방, 아니 그 무렵의 정세에 관해 어떤 의견을 가지고 계셨는지는 알 길이 없다. 훨씬 뒤에 서고를 뒤져 안 일이지만 할아버지는 면암 최익현勉庵 崔益鉉 선생과 교유交遊가 있었다. 같이 지리산에 올라 시詩를 지은 기록이 남아 있다. 나는 그것을 소중하게 간직하고 있다.

할아버지 밑으로 3남 2녀가 있었다. 나의 아버지는 3남 중의 막내아들이다. 백부는 한학을 익힌 선비로서 새로운 세태에 어떻게 대응해야 할지를 몰랐다. 체관을 익혀 은둔의 생활을 택했다. 중부는 서울 나들이를 하여 신학문을 접한 사람이다. 독립운동에 나섰다. 아버지는 합방 당시 열 살이었고 내가 태어났을 때는 스물이었다. 백씨의 체관을 배우지도 못하고 중씨의 기백을 배울 수도 없었다. 그러나 신학문에 대한 갈망은 있었던 모양으로 일본 동경에 가서 어떤 강습소에 들어갔는데 이른바 동경대진재東京大震災을 만나 고향으로 돌아오고 말았다.

우리 집안은 하동 지방에선 8형제 8천 석으로 소문이 나 있었다고 했다. 그러나 그것은 할아버지가 살아 있을 동안의 사정이었을 뿐이고, 내가 태어난 무렵엔 거의 몰락상태에 있었다.

그런데 나는 어린 시절 우리 집이 큰부자인 양 착각하고 살았다. 그 까닭은 안남골安南谷에 자리잡은, 산정山亭을 곁들인 대궐 같은 집에서 유년기와 소년기를 지냈기 때문이다.

지금은 그 산정과 몸채가 뜯기어 등 하나 넘은 곳, 진교辰橋 배골梨谷에 우리 일문의 재실齋室로 변하고 말았지만 내가 살던 무렵의 그 건물과 정원은 정말 웅장하고 아름다웠다. 집 뒤 산비탈엔 오죽烏竹의 숲이 있었고, 산정의 대문 앞엔 상수리나무와 느티나무가 있었다. 담장 안으론 복숭아나무, 매화나무가 있었고, 바로 서문 밖엔 감나무와 배나무가 철따라 탐스런 열매를 맺었다. 뜰 안엔 제법 큰 화단이 있었는데 작약, 모란, 국화가 피었다.

다섯 층 돌계단을 올라 그리고 다시 층대로 해서 마루로 오르는데 오른편으로 대청이 있고 겹으로 된 방이 도합 여섯 개나 되었다. 기둥은 큰 절에나 가지 않으면 구경할 수 없는, 그 둘레가 5, 6세 소년으로선 한아름을 넘는 것이었다. 아무튼 그 무렵, 우리 북천면北川面에선 그것과 비교할 만한 집이 없었다. 네 귀에 풍경이 달린 덩실한 기와집이었다.

몸채는 초가지붕이었지만 그 구조와 규모는 사랑채에 못지 않았다. 안뜰은 널찍하여 수십 장의 덕석을 펴고 곡식을 말릴 수가 있었고, 몸채를 사이에 두고 양쪽에 광이 있었다.

외갓집도 있고, 많은 친척집이 있고, 아는 사람들 집도 있어 가보곤 했지만 내가 살고 있는 집 같은 것은 다른 곳엔 없었다.

어린 나는 그것을 그냥 우리 집이라고만 알고 있었는데 보통학교에 입학하면서부터 그게 우리 집이 아니고, 진주로 이사간 '큰집'의 소유라는 것을 알았다. 여기서 말하는 '큰집'은 백부의 집을 말하는 것이 아니다. 할아버지의 백씨, 즉 내게는 종조부가 되는 어른의 집이다.

8형제 8천 석이라고 하는 집안 가운데 그 종조부 집만이 천석 이상의 재산을 지탱하고 있었다. 그밖에 5백 석, 3백 석, 백석 등의 재산을 유지하고 있는 집이 있기도 했는데 우리 집은 거의 몰락상태에 있었다. 물론 뒤에야 안 일이다. 어떻게 해서 우리 집이 빨리 몰락하게 되었는가. 이것도 뒤에 안 일인데 중부의 독립운동이 그 원인이었다.

3·1운동에 관여하여 대구 감옥에 수감된 중부를 구출하기

위해 그 자금을 진주에 살고 있는 일인 고리대금업자 시미즈淸
水란 자로부터 빌렸다. 토지를 저당잡히고서.

변호사 사례금, 사식비 등 꽤 많은 돈을 백 두락 이상의 토
지를 저당잡히고 빌렸다. 추수를 하면 곧 갚을 요량이었고, 돈
은 급하고 하니 일본인이 요구하는 대로 논을 잡혔다는 것이다.

그런데 기일이 되어 그 돈을 갚으러 가니 일본인은 집에 없
었다. 몇 차례 찾아갔는데도 돈을 빌려준 일본인을 만날 수가
없었다. 그럴 경우 지금 같으면 공탁이란 제도를 이용할 수도
있는데 그땐 그런 제도가 없었다. 이윽고 일본인 고리대금업
자는 기한이 넘었다고 하여 강제차압을 붙였다. 세상 물정을
모르는 백부와 그 측근이 그런 사태에 대응할 수가 없었다. 토
지를 속수무책으로 빼앗겼다. 그 무렵 일인들은 그런 술책으
로 조선인의 토지를 빼앗은 모양인데, 그 술책을 알아차렸을
땐 이미 늦었다.

그만한 사건으로 재산이 다 없어졌을까만 화불단행禍不單行으
로 복합된 원인이 겹쳤다. 실의에 빠진 백부가 치산治産에 흥미
를 잃은 것도 큰 원인이었을 것이다.

그대로 백부는 빙옥정氷玉亭이란 곳에 큰 사랑채를 곁들인 집
을 유지하고 있다가 어머니(나에겐 조모)가 별세하자마자 보잘
것 없는 집으로 옮겼다. 백부의 집이 망했다는 것을 그때서야
나는 알았다. 그와 동시에 산정도 안채도 우리 집이 아니란 사
실을 알게 되었다. 진주로 이사간 '큰집'의 일을 보고 있었던
아버지가 그 빈 집을 관리하고 있었던 것이다.

그러나 이러한 일들을 로마의 언덕에 앉아 회상한 것은 아니다.

일곱 살 때 보통학교에 입학했다. 로마에 앉아 생각하면 이 때부터 나의 유럽화가 시작되었다. 일본인은 일본식 교육을 시작한 것이지만 따지고 보면 그때 일본인은 그들의 방식을 통해 결국은 나를 유럽화시킬 작업을 시작한 셈이 된다. 물론 그때 내가 그 사실을 자각했을 까닭이 없다. 50세의 나이로 로마의 언덕에 앉아 깨닫게 된 것이다.

우리가 배운 커리큘럼, 즉 교과목은 아득히 2천 수백 년 전 희랍의 아리스토텔레스가 고안한 교과목 그대로이다. 국어, 산술, 이과理科, 역사, 지리, 체조, 도화, 창가唱歌, 수신修身 등. 국어란 것은 일본어이고 사용하는 말은 희랍어가 아닌 일본어, 또는 한국어지만 가르치는 방향과 형식은 희랍식, 즉 유럽식이었다.

중학교에서 영어를 배우고 수학, 특히 기하학을 배움으로써 나의 유럽화는 촉진되었다. 잘 배우고 못 배우고는 문제가 아니다. 영어를 배우고 있다는 사실, 기하학을 배우고 있다는 사실 자체가 유럽화였다. 일본인은 황민교육皇民敎育을 시키고 있다면서 기실 유럽인을 만들고 있었다.

우리가 일본인의 황민교육에 반발하게 된 것은 물론 한국인으로서의 민족의식 탓이겠지만 그 근본엔 유럽화된 의식이 있었다. 예컨대 일본인의 우리에 대한 황민화교육은 불합리하다, 부조리하다는 것이다. 불합리, 부조리는 유럽의 관념이다.

동양의 사상에도 불합리, 부조리의 관념은 있다. 그러나 우리가 불합리하다, 또는 부조리이다 하고 사고하며 판단할 땐 유럽적인 관념으로써 한다. 민족의 의식도 우리는 유럽적인 관념을 통해 스스로 납득하고 표현한다.

대학에 들어가서 학문적인 모든 이상이 유럽에 있다는 것을 알았다. 유럽적인 검증檢證에 합격해야만 진리眞理일 수 있다는 것을 알았다. 결국 근대화란 유럽화라는 것을 깨닫게 되었을 때 나는 관념상으론 유럽인이 되어버린 것이다.

우리의 양복차림은 어색하다. 어색하긴 하지만 양복을 입고 있다는 것, 즐겨 입는다는 것은 사실이다. 그런 만큼 우리는 어색한 유럽인이다. 어느덧 우리들은 어색한 그대로 유럽인이었다.

유럽인이 되고 나서야 동양에의 회귀를 생각하게 되었다. 유럽에선 찾을 수 없는 보물이 동양에 있다는 것을 발견하게 되었다. 공자孔子와 장자莊子, 사마천司馬遷을 그 본연의 가치로서 발견하기 위해서 우리 스스로가 유럽인이 되어야 했다는 사실엔 애달픈 진실이 있다.

나는 어릴 적 백부로부터 《추구秋句》라는 책을 배웠다. 그 맨 처음에 있는 문장은

"天高日月明

地厚草木生"

이다.

이 단순소박한 문장의 뜻을 내가 절실하고 눈물겹게 터득하기 위해선 유럽의 학림學林을 헤매야만 했다.

동양의 웅장한 지적 풍경을 거시적으로 조망하기 위해선 유럽인이 고안한 망원경을 빌려야 하고, 동양의 그 치밀한 정신의 무늬를 미시적으로 관찰하기 위해선 역시 유럽인이 창안하여 만든 현미경을 빌려야 하는 것이다.

폴 발레리의 말 그대로, 카이사르의 이름과 성 베드로의 이름, 그리고 아리스토텔레스, 플라톤, 유클리드의 이름이 동시에 의미와 권위를 가지고 있는 곳이 유럽이라면 한국도 이미 유럽이다.

한국의 지식인도 카이사르의 《갈리아 전기》를 읽고 성 베드로의 복음을 읽고, 아리스토텔레스, 플라톤을 읽고 유클리드의 기하학을 배웠다. 그렇다면 평균적인 유럽인으로서 손색이 없는 것이 아닌가.

그런데도 아직 유럽인으로서 자처할 수 없는 것은 유럽을 오늘의 유럽으로 만든 근본적인 작용력作用力, 즉 발레리가 말한 '유럽 정신'을 배우지 못한 탓이다.

정신을 배우지 못하고 민주주의가 가능하겠는가. 자유에 대한 갈망과 평등에 대한 도덕적 요청이 신념으로 되지 못한 곳에 민주주의의 의욕이 자랄 수 있겠는가. 냉철한 이성과 불타는 열정과 그 이성, 그 정열로서도 시행착오를 범하지 않을 수 없었는데 그 시행착오를 철저하게 반성할 줄 아는 심성이 민주주의를 만들었다는 사실의 과정이 유럽의 역사이다. 유럽의 역사는 그런 까닭에 민주주의가 얼마나 어려운 것인가를 밝혀 주는 교훈이기도 하다. 한 마디로 말해 우리는 유럽인이 되지 못하고선 유럽의 민주주의를 배울 수 없다.

우리는 아직 어설픈 유럽인이다.

나는 그때 진행중에 있는 한국의 선거를 생각하게 되었다.

재선再選 이상은 할 수 없게 규정된 헌법을 박정희 대통령은 국회에 압력을 주어 3선 할 수 있도록 변경했다. 그리고 3선 하기 위해 출마했다. 한국에선 그 선거가 진행중이었다.

이제 내가 어떻게 그때 로마에 올 수 있었던가, 아니 세계일주 여행을 할 수 있게 되었는가를 설명해야 할 차례가 된 것 같다.

"헤엄을 쳐서 나간다면 모르되 그러지 않고선 절대로 당신을 해외에 내보낼 수 없다."

거의 절대적인 권력을 가지고 있는 사람으로부터 나는 이런 선고를 받은 적이 있다. 그러한 내가 어떻게 해외에 나올 수 있었는가. 이 수수께끼를 풀어야 하겠다.

3선개헌에 의한 선거이고 보니 약간의 불안이 있었던 모양이다. 겁없이 지껄이고 글을 쓰고 하는 불평분자를 처리해야 할 필요가 생겼다. 감옥에 가두어버리는 것이 상책이지만 그로 인해 말썽이 난다고 하면 곤란했다. 그래서 고안한 것이 선거기간 동안 외국으로 추방하는 수단이었다.

이 수단을 고안한 사람은 내게 대한 다소의 호의가 있었을 것이다. 나는 그 권유에 응하기로 했다. 실로 28년 만의 외출이었다. 나를 국외로 나가도록 한 사람의 두뇌엔 또 하나의 계산이 있었다. 그 선심에 감격해서 박 대통령에게 유리한 기사를 해외에서 써보내면 선거에 얼마간의 플러스가 될 것이라는.

그러나 나는 로마에서 느긋한 기분일 뿐이었다. 로마에서 기삿거리를 만들 만한 계기가 될 사람을 만날 의사도 없었고 무슨 기사이건 쓸 생각도 없었다. 더더구나 박 대통령에게 불리한 기사를 쓸 작정도 없었다. 무리를 해서까지 개헌을 하고 출마하는 것으로 미루어 그의 당선은 필지의 사실일 것인데, 대항출마한 인물을 내 일신의 위험을 무릅쓰고까지 두둔해야 할 아무런 이유도 없었던 것이다.

이러한 나를 비겁하다고 할 것인가. 나는 세네카에게 그 질문을 던져보았다. 세네카의 대답이 즉각 있었다.

'운명은 이에 항거하는 자는 끌고 가고, 이에 순종하는 자는 태우고 간다.'

로마의 긴 봄날도 저물기 시작했다.

나는 카피톨리노의 언덕을 내려갔다.

도중에 허술한 차림으로 올라오는 백인 청년을 만났다. 눈인사를 하는 둥 마는 둥 지나쳤는데 두세 걸음 걷자 뒤에서 불렀다. 청년은 카메라를 들고 나더러 셔터를 눌러달라는 시늉을 했다.

마침 석양을 정면으로 받는 장소에 선 그를 향해 나는 그가 시키는 대로 카메라의 셔터를 눌러주었다.

카메라를 돌려주자 그는 고맙다고 인사를 했다. 고맙다는 말이 영어라서 이편에서 영어로 물었다.

"어디서 왔느냐?"

"US에서 왔습니다."

"US라면 너무 넓지 않은가. US 어딘가?"

"오하이오 주에서 왔습니다."

다음은 그가 물었다.

내가 한국에서 왔다고 하자 그의 얼굴엔 이상스런 낌새가 스쳤다. 내가 다시 물었다.

"한국을 아느냐?"

"압니다."

"가본 적이 있느냐?"

"가본 적은 없습니다."

"지도에서 읽었다는 얘긴가?"

"아닙니다."

"그럼?"

이에 대답하지 않고 그는

"당신, 지금 스페인 광장으로 갈 생각이 없습니까?"

고 물었다.

"멀지 않으면 가겠다."

"같이 가시죠. 그곳에 가서 코카콜라나 마시며 얘기합시다."

택시는 스페인 광장의 계단 바로 앞까지 갔다. 처음 온 것인데 어떤지 눈에 설지 않아 이상하다는 표정을 짓고 있었더니 그가 물었다.

"이곳이 처음입니까?"

"그렇다. 그런데 이상하게 눈에 익다."

"당신, '로마의 휴일'이란 영화를 본 적이 있습니까?"

그 말을 듣자 나는 생각이 났다. 영화에서 본 경색景色이었다.

계단엔 얼만가의 통로를 남겨놓고 온통 철쭉꽃으로 덮여 있었다.

"지금 철쭉꽃 전람회 중입니다."

하고 그 청년은 이곳 저곳 가리키며 설명을 했다.

계단 위, 쌍탑雙塔을 가진 건물이 '트리니타 디 몬티'교회, 계단 오른편의 4층 건물은 영국의 시인 존 키츠가 살던 집, 그리고 계단의 수는 137개다. 등등.

"당신은 꽤나 로마 사정을 잘 아는군."

"한 달 넘게 로마, 아니 이탈리아에 머물고 있는걸요."

"어떻게 그리 오래 머물고 있지?"

"어머니와 같이 왔거든요. 이탈리아는 내 할아버지의 나라지요."

계단으로 핀치오 언덕까지 올라갔다가 다시 내려와 근처의 카페에 들어갔다.

레모네이드를 마시며 두 사람의 얘기가 계속되었다.

"내 할아버지가 한국전쟁에서 죽었습니다."

나는 고개를 들어 그를 보았다.

"내가 나기도 전입니다."

그는 수줍게 덧붙였다.

"지금 몇 살이지?"

"열 여덟 살."

"그럼 학생인가?"

"오하이오 주립대학에 다녀요. 풋볼로 유명한 대학이지요."

"당신도 풋볼을 하는가?"

"아아뇨."

"전공은?"

"문과文科의 교양과정에 있지만 아직 전공을 정하지 않았어요."

"하고 싶은 일은?"

"신문기자를 직업으로 하고 장차 소설을 쓰고 싶지만……. 당신은 무엇하는 사람입니까?"

소설가를 지망하는 청년 앞에서 소설가라고 말하기가 왠지 쑥스러웠다. 적당하게 얼버무렸다.

"로마에 와 본 기분이 어때?"

"로마! 글쎄요."

한마디로 말할 수 없다는 청년의 표정이었다.

"할아버지의 나라라니까, 로마에 돌아와 살고 싶은 생각은 없는가?"

"로마는 가끔 다니러 올 곳이지 살 곳은 못돼요. 나는 오하이오가 좋아요."

하고 그는 오하이오의 자랑을 늘어놓았다.

오하이오는 인디언의 말로 '아름다운 강'이라는 뜻이라고 했다. 오하이오 강은 애팔래치아 산맥에서 발원하여 일리노이 주의 카이로에서 미시시피 강과 합치는 길이 1,600킬로미터의 강인데 그 연변의 경치는 말할 수 없이 아름답다고 하고 주도 州都 콜럼버스는 우아하기 짝이 없다며 뽐냈다.

"당신 말대로 오하이오가 자연으로서 아름답다면 로마는 역사로서 아름답지 않은가?"

그러자 그의 입에서 뜻밖의 말이 튀어나왔다.

"자연엔 생기가 있지만 역사엔 썩은 냄새가 나요."

"그 말은 어느 책에서 읽은 것인가, 실감을 말하는가?"

"실감이오."

하고 그가 대답했다.

"당신은 로마에 온 지 얼마나 되죠?"

"오늘 왔다."

"일주일만 로마의 거리를 돌아다녀 보시오. 썩어가는 냄새(?)를 맡게 될 테니까요."

"그러나 로마는……."

"폐허와 유적은 좋다고 합시다. 그러나 그것을 빙자하여 존재하고 있는 것 같은 분위기는 싫어요."

"그런 뜻에서 로마를 부정한다는 것은 심하지 않은가. 아무리 신대륙新大陸에 산다고 해서."

"신대륙? 미국은 이제 신대륙이 아닙니다. 로마, 로마 하지만 미국에선 벌써 로마를 만들어놓고 있어요. 뉴욕 말입니다. 로마보다 몇 배나 큰 규모로."

"로마에 대한 애착은 없나?"

"왜 없겠어요? 애착이 없이 어머니의 부탁이라고 해서 한달 동안이나 로마에 머물고 있겠어요? 한데 그 애착은 센티멘털리즘일 뿐입니다."

대강 이와 같은 대화라고 회상하지만 좀 더 정확하게 기록할 수 없는 것이 유감이다. 그의 말은 섬세하고 정열적이 아니었던가 한다. 소설가를 지망하는 청년답게 관찰이 예민하고 감정의 표출이 유연했다고 기억한다.

나는 그의 얘기를 들으면서 동양에서 온 시골사람과 미국에서 온 청년의, 의식상意識上의 대조를 느꼈다. 50세의 사나이와 18세의 청년이란 차이를 넘은 문화적인 거리라고나 할까, 그런 것이다. 나는 로마에 대해 몰입적沒入的이고, 그는 로마에 대해 비판적이었다. 내겐 이질적인 인종의식에서 비롯된 감상感傷이 있었고, 그에겐 동질성에 바탕을 둔 깨어 있는 이성理性이 있었다.

카페에서 나오기 전 그는 자기의 이름을 '마크 피토리'라고 소개하고, 특별한 약속이 없으면 자기 어머니와 같이 식사를 하자고 했다. 나는 선약이 있다며 내 이름을 말하고 서로 전화번호를 교환했다. 그는 별로 할 일이 없으니 2, 3일간은 나를 위해 로마를 안내해주겠다는 호의를 보였다.

내가 말한 선약이란 영화배우 최은희 씨와의 약속이다. 최은희 씨와는 우연히 같은 비행기를 타고 로마에 왔었다. 7시 정각에 그녀의 호텔로 가게 되어 있었다.

최은희 씨가 묵고 있는 호텔은 으리으리한 일류 호텔이었다. 로마 그랜드호텔이라고 했던가.

7시에 10분쯤 늦은 시각에 도착했는데 로비의 입구에서 마크와 그의 어머니를 만났다. 어머니라고 하기에 막연히 노녀일 것이라고 상상하고 있던 나는 마크의 어머니가 너무나 젊고 아름다운 데 놀랐다. 화장을 잘 한 탓도 있겠지만 30대를 넘어 보이지 않았고, 할리우드의 여배우를 예로 들면 에버 가드너의 풍정風情을 닮은 요염함이 있었다.

마크가 소개를 하자 그녀는

"이제 막 마크로부터 동양의 훌륭한 신사를 만났다는 얘기를 들었어요."

하고 악수를 청하며 우아하게 웃었다.

"내일 별일이 없다고 했죠?"

나를 보곤 이렇게 묻고 자기 어머니에게 마크는 응석하듯했다.

"어머니, 내일 이분과 함께 드라이브를 해요."

"이분이 좋으시다면."

그녀의 말이었다.

내일 오후 1시에 이 호텔의 로비에서 만나기로 약속이 되었다.

그 정경을 먼 빛으로 보았던 모양으로 내가 자리에 앉자 최은희 씨는

"이 선생님은 참으로 보통이 아니셔. 오늘 로마에 오신 분이 어느새 그런 미인과 사귀게 되셨지요?"

하고 익살을 부렸다.

나는 일체의 설명을 생략하고

"로마의 휴일 아닙니까?"

하며 웃었다.

최은희 씨는 내일 영화감독 데시카를 만날 예정이라고 했다. 안심했다. 혹시 최은희 씨가 내일 같이 관광이나 하자고 하면 어떻게 변명하나 하고 은근히 걱정을 했었기 때문이다.

문학의 절실성

1971년 로마 2

문학의 절실성
- 1971년 로마 2

밤의 로마는 역사의 무게니, 역사의 빛깔이니 하는, 낮의 풍
경을 일체 덮어버린다. 밤엔 밤의 역사가 있다. 이른바 '로마
바이나이트', 로마는 환락의 도시로 변한다.

로마를 처음 방문한 50세의 동양군자東洋君子가 로마의 밤을
어떻게 지낼 것인가는 상당한 대문제다. 나이가 50세이고 보
면 극락極樂을 잘못 이용하면 지옥이 되어버린다는 지각쯤은
가지고 있다. 더욱이 로마의 밤은 위험하다고 알려져 있기도
하다.

일단 식사를 하기로 했다. 나는 최은희 씨와 그녀의 비서 한
여사를 데리고 낮에 스페인 광장에서 보아두었던 일본 식당,
도쿄東京로 갔다. 나 때문에 대사관 만찬초청을 사양했다는 최
은희 씨를 경경하게 대접할 수 없었는데 생소한 이탈리아 식

레스토랑으로 모시기가 주저스러워 그리로 간 것이다.

일본식 간판과 일본식 만막縵幕이 달린 집으로 들어갔더니 거기에는 일본의 단편斷片이 전개되어 있었다. 종업원은 일제히 흰 머리띠를 두르고 있었고 옥호를 등에 크게 새긴 윗도리를 입고서 들어서는 우리를 보자 입을 합쳐 외쳤다.

"이랏샤이마세."

'잘 오셨습니다'란 뜻의 일본말이다.

별로 어려울 것 없이 초밥, 생선회, 된장국 등으로 배를 채웠다.

그리고 나서 근처의 카바레를 찾았다. 포도주를 마시며 춤을 추는, 결국 여행자들이면 누구나 하는 매너리즘에 빠졌다. 최은희 씨의 부탁이 있었다. 가끔 그녀의 비서와도 춤을 춰달라는 것이다. 그러고 보니 나는 두 여인의 파트너가 되었던 것인데 그런 부담스런 사태는 곧 해소되었다. 일단의 미국인 관광단이 플로어를 점령하게 되더니 누가 누구의 파트너인지 분간할 수 없게 되었다. 어느 미국 사나이가 자기의 아내를 내게 밀어붙여 놓곤 최은희 씨를 상대로 춤을 추기 시작했다. 살이 찐 미국 부인과 한바탕 춤을 추고 자리를 보았더니 한 여사의 자리가 비어 있었다. 그녀도 어느 미국인을 상대로 플로어에서 춤을 추고 있었다.

미국인은 어딜 가나 쾌활하다. 쾌활한 그들 덕택으로 나는 최은희 씨와 그 비서를 동시에 대접하는 역할을 거뜬히 해치울 수가 있었다. 두 시간쯤 그 카바레에서 머물다가 최씨와 비서를 호텔 근처에까지 모셔다주고 나는 내 호텔로 들어왔다. 시간은 12시 가까이 되었던가.

책상 앞에 앉아 간단하게 그 날의 일기를 적기는 했지만 로마의 밤의 미란성麻爛性 공기空氣가 나를 잠들게 할 것 같지가 않았다. 궁리한 끝에 호텔의 종업원을 불렀다. 다행히도 그와 영어가 통했다.

"로마의 여인을 친구로 하고 싶은데."

그는 알아들었다는 듯이 눈을 찔끔하고

"어떤 여인이면 좋겠느냐?"

고 되물었다.

"예쁘고, 젊고, 상냥하고, 영어나 프랑스어를 할 줄 아는 여인이면 좋겠다."

"6만 리라쯤 쓸 용의가 있느냐?"

종업원의 말이었다. 나는 얼른 계산해 보았다. 6만 리라면 100달러 정도의 금액이다. 그 호텔의 숙박비가 20달러인데 비해 상당히 비싼 돈이다. 그러나 로맨스를 만드는 판국에 산술적인 계산은 금물이다. 나는 호기 있게 'OK'라고 했다.

당시 로마의 밤 여인의 가격이 5, 6천 리라라는 것을 뒤에야 알았지만 그 10배나 되는 돈을 쓴 보람이 있었다는 것을 곧 알 수가 있었다. 한 시간쯤 지난 후에 나타난 것은 청순가련이란 표현이 그냥 어울릴 젊은 여인이었다. 나는 영화의 한 장면에서 벗어나온 것 같은 그 여인을 황홀하게 바라보고 있다가 이윽고 결심했다. 이 여인을 창부로서 대접할 것이 아니라 내 애인으로 만들어 보겠다고.

"어디 재미나는 곳이 없을까. 같이 산책이라도 하면 좋겠는데."

테레지아란 이름의 그 여인은

"그럼 레플리카 광장에라도 가볼까요?"

하고 수줍게 웃었다.

그녀가 가자는 데면 지옥이라도 좋았다. 그곳으로 갔다.

원형의 분수가 아름다웠다. 한여름이면 이곳에서 야외음악회가 열린다고 했다. 그러나 내겐 그 풍경보다 옆에 있는 그녀에게 대한 관심이 컸다. 어디 그럴 만한 술집으로 가자고 했다.

택시를 타고 한참을 갔으니 로마의 변두리가 아니었던가 한다. 동굴처럼 된 술집이 있었다. 붐비고 있는 손님들 사이에 겨우 자리를 얻어 포도주를 마시며 그녀와 대화를 시도했다. 그녀가 내 말을 어느 정도 알아들었는지 알 수가 없다. 영어이건 프랑스어이건 이탈리아식으로 발음하고 있는 그녀의 말을 나는 전연 알아들을 수가 없었다. 알아들을 순 없지만 내 마음대로 번역할 수는 있었다. 모라비아의 소설에 나오는 '체치리아'라고 생각하면 되었고, 체치리아가 애인에게 말하는 분위기를 연상하면 되었다. 어쨌건 술의 탓이건 풍경의 탓이건 의기상투意氣相投하는 기분을 만들어낼 수 있었으니 로마의 첫날 밤은 그런대로 성공이었다고 할 수가 있다.

이튿날 약속대로 그랜드호텔 로비에서 마크 피토리와 그 어머니를 만났다. 마크의 어머니는 전날과 달리 핑크 블루의 스

웨터에 노란색 바지를 입은 스포티한 차림이었다. 농염한 화장을 지운 얼굴이었는데 건강색이면서 여전히 우아했다.

로비 라운지에서 주스를 마시며 미세스 피토리가 물었다.

"대강 어느 방면으로 가고 싶습니까?"

"로마에 관해선 전무식입니다. 부인께서 좋으실 대로 하십시오."

이때 마크가 말을 끼었다.

"로마 시내는 안내서를 보아가며 돌아다닐 수 있지만 교외는 쉽게 갈 수 없지 않습니까. 오늘은 교외로 드라이브 해요."

"교외라고 해도 어디 한두 군데라야지?"

하고 미세스 피토리는 설명하기 시작했다.

국도 1호선은 옛날의 '아우렐리아' 가도인데 바티칸의 후면을 돌아 서쪽으로 간다. 20킬로미터쯤 가면 '타르키나', 이곳의 중심부는 중세中世의 시가 그대로이다. 국도 2호선은 '카시아' 가도, 연도에 '카델라' 호반의 '브라차노'에 '오르시니'의 옛성이 있다. 국도 3호선은 '플라미니아' 가도이다. 중세의 공국령公國領인 '스폴레토'로 간다. 그러나 길이 너무 멀다.

13킬로미터나 될까?……. 미세스 피토리는 이어 국도 4호선을 비롯하여 로마에서 동방으로 뻗은 도로를 설명하기 시작했다. 그 가운데 로마의 '포르테세' 문으로 나가 '피우미치노'란 어항으로 통하는 '포르투엔세'란 가도의 이름이 나오자 마크가

"거긴 생선요리가 맛있는 곳 아녜요? 그리로 가요."

하며 나를 돌아보았다.

나는 그저 고개를 끄덕였다.

호텔에서 마련한 고급 자동차를 타고 호텔을 떠났다. 운전사 옆 자리에 마크가 앉고 나는 뒷좌석 왼편에 앉았다.

로마도 난생처음이거니와 백인 귀부인과 같은 시트에 나란히 앉아 드라이브하는 것도 처음 있는 일이다. 그런 뜻을 말을 했더니 미세스 피토리른

"나도 처음이에요. 동양의 신사와 같이 차를 타고 드라이브하는 건."

하며 화사하게 웃곤 덧붙였다.

"미세스 피토리라곤 하지 마세요. 미스 켈리라고 불러요."

그때 마크가 돌아보고 말했다.

"어머닌 피토리란 성을 싫어하셔요."

"피토리가 싫은 것은 아니다. 여행할 땐 미세스란 호칭이 거북한 거다."

하고 그녀는 웃었다.

"그럼 레이디 켈리라고 하지요."

내가 말했다.

'포르투엔세' 가도는 탄탄한 들의 동쪽으로 트였다. 군데군데에 유적 같은 것이 보였으나 레이디 켈리는 그것들을 일일이 설명할 수 있을 만큼 로마 공부를 하지 못했다고 했다.

'피우미치노'의 어항은 우리나라 방어진方漁津을 방불케 하는 데가 있었다. 바다의 굴곡도 그러하거니와 바닷가에 즐비한 생선요릿집의 차림새가 그러하다. 드나드는 아낙네가 방어

진에선 한국 여성이고, 피우미치노에선 이탈리아 여성이란 점이 다를 뿐이다.

조미료의 탓인지 나는 그 생선 요리가 맛있다고 생각할 순 없었으나 맛이 있는 것처럼 먹기는 했다.

마크는 느닷없이 오하이오의 자랑을 늘어놓기 시작했다. 이곳에서 보는 바다의 풍경보다는 오하이오 강이 아름답다는 것이고, 오하이오 주에서 많은 대통령을 배출했다는 것이다.

"누구 누군데?"

하고 내가 물었다.

"18대 대통령 그랜트, 19대 대통령 헤이즈, 20대 대통령 가필드, 25대 매킨리, 29대 하딩."

마크의 대답이 자랑스러웠다.

"마크는 아직 아이다."

그의 어머니가 웃으며 한 말은

"하나 같이 악센트가 없는 대통령을 다섯이나 배출했다고 해서 그게 오하이오의 자랑이 될 것 같애?"

"그럼 셔우드 앤더슨, 케네스 패친은 어때요."

마크는 항의조로 말했다.

"오하이오의 자랑이 될 수 있는 작가는 아니지."

마크의 어머니의 그 말이 내겐 뜻밖이었다. 케네스 팻첸은 몰라도 셔우드 앤더슨은 윌리엄 포크너나 헤밍웨이와 맞설 수 있는 대작가인 것이다. 《오하이오주 와인스버그》, 《어두운 웃음》, 《가난한 백인白人》 등의 명작이 있다.

"나는 앤더슨의 애독자입니다."

했더니 마크의 눈은 밝게 웃었으나 그 어머니의 말은 차분했다.

"두 사람 모두 불행한 작가지요. 하나는 어디에 있어도 시詩를 찾으려고 애썼고, 하나는 어딜 가나 악惡과 비참을 보고 광기狂氣에 사로잡혔으니까요, 하나는 밤의 거리거리를 고독하게 방황하며 닫혀진 도어 저편에서 이루어지는 가정假定의 생활을 얘기하고, 하나는 보는 것, 듣는 것마다에 혐오를 느껴선 피와 눈물의 언어로써 우주를 재창조하려고 서둘다가 비참하게 죽었어요."

그녀의 말은 빨리 알아듣기엔 너무나 소피스티케이트하고 내용이 치밀했다. 나는 겨우 이 정도를 이해했을 뿐이지만 그녀를 외경의 눈으로써 대하는 기분으로 되었다.

"마크 군이 문학을 지망하게 된 것이 어머니의 영향이겠네요."

하는 말을 해보지 않을 수 없었다.

"나도 한동안 문학소녀였으니까요."

하고 그녀는 나더로 물었다.

"어떻게 앤더슨을 애독하게 되었죠?"

나는 비로소 내가 작가라는 것을 실토하지 않을 수 없었다.

그러자 마크 어머니의 얼굴이 활짝 피어나듯 했다.

"앤더슨 말고 좋아하는 미국의 작가는 누구죠?"

나는 우선 헨리 밀러를 들고 헤밍웨이, 포크너 등을 들먹이고 나서 노만 메일러가 가장 마음에 든다고 했다. 미국 사람들 앞에서 섣불리 메일러의 이름을 들먹여선 안 된다는 말을 들고 있었기 때문에 그것을 계산에 넣고 한 노릇이다.

"메일러, 좋은 작가지요."

켈리는 서슴없이 말했다. 문학에 대한 소양은 모자라면서도 고상한 척 꾸미는 미국의 상류 여성들은 메일러를 들먹이는 것을 수치로 안다고 들었는데 켈리는 그렇지 않았다. 마음이 놓였다.

"미스터 리의 메일러에 관한 코멘트를 듣고 싶은데요."

켈리의 말이었다.

긴 얘기를 영어로 한다는 것은 내 역량으로선 벅찬 일이지만 나는 조심스럽게 말을 꾸몄다.

"그의 출세작이 《나자裸者와 사자死者》 아닙니까. 그 작품을 읽을 때, 나는 일단 원색原色으로 그려 놓고 다음에 잿빛 물에 담가선 약간 퇴색케 하는 기법技法을 메일러가 썼구나 하는 느낌을 가졌어요. 23, 24세의 젊은 작가가 극렬한 자기 체험을 그렇게 처리할 줄 알았다는 데 나는 감동했습니다. 둘째로 감동한 것은 생生의 바탕에 있는 성적性的인 충동이 극한 상황에서 어떻게 작용하는가를 보임으로써 인간의 실상實相을 파악해 보였다는 점입니다. 셋째는 말을 아끼지 않는 점입니다. 《내 자신을 위한 광고》, 《대통령에게 보내는 각서》 등이 그렇지 않습니까.

그는 패기와 정열에 넘쳐 인습적인 문학의 장르를 넘어서서 발언하기를 예사로 합니다. 메일러 같은 작가를 이상적인 작가라고 말할 순 없겠지만 시대의 움직임에 민감하게 반응하며 그러면서도 예술성을 잃지 않는 점으로 보아 바람직한 작가라고 할 수 있지 않겠습니까. 말이 모자라 내 감상을 골고루 설명할 수 없는 게 안타깝습니다."

켈리의 얼굴에 만족하는 것 같은 빛이 서렸다.

"동양의 작가로부터 미국의 작가에 관한 가르침을 받았다는 것은 놀랄 만한 일이었어요."

하고 켈리는 헨리 밀러에 관한 것을 물었다.

"헨리 밀러는 철학자이면서 소설가입니다. 소설이란 장르를 철학적으로 멋지게 이용했다고나 할까요? 그를 작가로서 최고의 인간인식에 도달한 인물이라고 봅니다. 그의 레디메이드한 이데올로기에 대한 신랄한 부정을 읽어 보십시오. 한 마디로 그의 사상을 요약할 순 없습니다. 암흑이라고 할 수밖에 없는 우주의 의지를 그가 대변하고 있는 것 같으니까요. 그가 그려내고 있는 자전적自傳的인 부분, 즉 혼돈하고 추악하고 그러면서 청량하고 무소불기無所不羈 한 장면을 읽으면 연옥을 통과하는 기분이 되지 않습니까? 더러는 그의 포르노그라픽好色趣味을 비난하는 사람이 있지만 그것이 바로 생명의 실상이 아닙니까? 밀러에겐 물론 위선도 없거니와 위악僞惡도 없습니다. 다소의 페댄티즘衒學趣味이 있지만 그것은 불가피한 함수含羞의 표현일 뿐입니다……."

"함수의 문학이라고 하면?

하고 켈리가 망설였다. 내가,

"그 대표자를 안톤 체호프로 칠 수 있겠지요. 그런데 미국에

기막힌 함수의 작가가 있습니다."

했더니

"그게 누구지요?"

하고 켈리가 눈을 크게 떴다.

"윌리엄 사로얀."

"맞았어요. 사로얀이에요."

켈리가 손뼉을 쳤다.

살로얀의 얘기를 한참 동안 주고받았다.

"메일러, 밀러, 헤밍웨이, 포크너, 사로얀……. 각각 다른 작가인데 미스터 리는 그 모두를 좋아합니까?"

"모두를 좋아합니다. 더 보태야죠. 톨스토이, 도스토옙프키, 사르트르, 카뮈, 장미꽃도 좋고, 수선화도 좋고, 백합꽃도 좋고 펌프킨(호박)꽃도 좋구요. 오하이오 강을 보진 못했습니다만 아마존도, 허드슨도, 양자강도, 나일도, 우리나라엔 한강, 낙동강이 있습니다만 그 모든 강이 다 좋지 않습니까. 문학이면 다 좋지 않습니까. 나는 문학없인 어떻게 살까 하는 생각을 가끔 해보지요."

어느덧 나는 흥분하고 있었다.

"미스터 리가 쓴 소설을 읽어 보고 싶군요."

켈리는 한숨을 섞어 말했다.

"50편 이상의 소설을 썼지만 자신있게 내놓을 만한 작품은 아직 없습니다."

"괜한 겸손."

"겸손이 아닙니다. 지금부터 쓸 작정입니다."

"처녀작이 무엇이었습니까?"

"〈소설·알렉산드리아〉라는 거였습니다."

켈리의 소망이 너무 진지한 것 같아 대강의 줄거리를 말해 주었다.

"줄거리만 들어도 가슴이 설레어요. 그 소설 영역英譯되지 않았나요?"

"아직."

"그 다음의 작품은?"

"〈매화나무의 인과因果〉."

이 작품에 대해서도 간단한 해설을 붙이지 않을 수 없었다. 얘기가 나온 김에 나는 〈마술사〉, 〈예낭 풍물지〉, 〈쥘부채〉 등을 들먹이고 나서

"〈예낭 풍물지〉의 영역은 지금 가지고 있습니다. 호텔에 있지요."

했다.

켈리는 그걸 꼭 읽어 보고 싶다고 했다. 〈예낭 풍물지〉는 서지문 씨와 제임스 웨이드 씨가 영역하여 어떤 잡지에 게재했던 것을 팸플릿으로 만들어 여행 나올 때 명함 대신 십수 권 가지고 나왔던 것이다.

시간이 가는 줄 모르고 이런 얘기 저런 얘기 하다가 로마로 돌아와 보니 오후 5시가 넘어 있었다. 아직 해는 많이 남아 있

었다.

"보르게세 공원엘 가봅시다."

하고 켈리가 그곳으로 자동차를 돌렸다. 공원 앞에 차를 세우게 하고 켈리는 앞장서 걸었다. 잠자코 따라갔다.

공원엔 신록이 우거지고 아름다운 화단이 이곳 저곳에 배치된 사이로 수많은 못池이 있고, 동물원, 박물관, 기념비 등이 있었다.

어느 한군데 켈리가 섰다. 바로 눈앞에 시녀侍女들을 대좌臺座에 거느리고 우뚝 대리석상이 서 있었다. 대좌 바로 위의 축대에 '괴테'란 글자가 보였다. 괴테의 기념상이었다.

"감동적인 〈이탈리아 기행〉을 쓴 독일의 작가 괴테를 기념하기 위해 로마 시민이 세운 것입니다."

켈리의 설명이었다.

"괴테는 로마가 썩 마음에 들었던 모양이지요. 〈이탈리아 기행〉의 말미에 이런 시를 적고 있어요."

하고 그녀는 조용히 읊어 보였다.

그 부분을 서가에서 책을 꺼내 놓고 다음에 옮겨 본다.

로마를 떠나려고 하는
마지막의 밤!
슬픈 거리의 모습을 다시 한번
마음속으로 거닐며
그리운 수많은 것들을 버린

밤과 밤을 생각하곤
쏟아져 흐르는 눈물의 방울방울을 어떻게 할 수 없구나.
그 밤,
사람 소리도 개 짖는 소리도
잠잠해 버리고
루미나月姬만이
밤의 수레를 타고 하늘 높이
지나가더라.
아아, 나는 그것을 보고…….

괴테에 관한 켈리의 지식엔 내가 따라갈 바 못 되었다. 그녀는 거침없이 괴테의 싯귀를 인용할 수 있었고, 로마에서의 일화도 풍성하게 알고 있었다. 내가 그녀의 견식에 따르지 못해 얘기가 일방통행으로 되자 그녀가 물었다.

"괴테엔 그다지 관심이 없는 모양이죠?"

"나완 거리가 너무나 머니까요."

"무슨 뜻이죠?"

"괴테는 건강합니다. 말하자면 지나치게 건강한 거죠. 우리처럼, 나는 한국인을 뜻하고 있는 겁니다. 우리처럼 심한 굴절을 겪어 온 사람들에겐 너무나 멉니다. 존경할 순 있어도 매혹되진 않습니다. 그러니까 자연 관심이 없게 되는 거지요. 괴테는 위대하다. 그러나 절실하진 않다. 이것이 괴테에 대한 나의 감상입니다."

그러자 퀠리는 근처의 비어 있는 벤치를 가리키며 말했다.

"우리 저기 가서 앉읍시다."

벤치 있는 곳으로 갔다.

"난 저쪽에 가서 잠깐 놀고 올게요."

하고 마크가 뛰어갔다. 나와 퀠리 사이의 얘기가 어려워지니까 마크는 같이 있는 것이 쑥스러워진 것이다.

벤치에 자리를 잡으며 퀠리가 입을 열었다.

"미스터 리의 말이 그럴 듯해요. 괴테는 위대하다. 그러나 절실하진 않다. 그런데 나는 위대한 것이라면 절실한 것으로 배워왔거든요. 괴테는 무조건 위대하다고 알았고 그러니까 절실하다고 알아왔는데……. 당신의 말을 듣고 보니 뭔가 석연해진 것 같습니다. 무슨 획일적인 기분에서 풀려난 것 같습니다……."

"셰익스피어도 그렇지 않습니까. 위대하지요. 위대한 재능이 아니고선 그런 작품을 만들어내지 못합니다. 그런데 절실성에 있어선 문제가 달라지지 않습니까. 셰익스피어의 4대 비극이 웅장하고 심각하긴 해도 절실성에 있어선 안톤 체호프의 〈3인 자매〉, 〈봐니아 아저씨〉 아니 짤막한 단편, 예컨대 〈사랑스런 여자〉와는 견줄 수 없습니다. 이건 내 기분을 말하는 것입니다만."

퀠리는 내 기분을 공감한 모양으로 '문학의 절실성'은 '체험의 절실성'이 아니겠느냐 하는 문제를 제기하고, 이른바 당시 유행인 '누보로망' '앙티로망'으로 화제를 이끌고 갔다.

나는

"누보로망, 앙티로망을 필요로 할 만큼 우리 한국의 독자가 과숙過熟해 있지 않기 때문에 아직 그런 것을 생각하지 않고 있지만."

하고 전제하고, '누보로망'과 '앙티로망'은 결국 문학의 절실성을 탐구하는 방법으로서 발달하게 된 것인데 일상적 차원과 작중作中의 심리적 차원이 지나치게 괴리되는 바람에 되레 절실성을 상실하는 결과를 빚었다는 설명과 함께 나탈리 사로트, 퓨토르 크레지오 등의 작품을 예시해 보였다.

긴 봄날의 해가 저물도록 우리들의 얘기는 계속되었다. 괴테의 대리석상이 황혼에 싸일 무렵 벤치에서 일어섰다. 언제 근처에 와 있었던지 마크가

"그처럼 얘기에 열중한 어머니를 오늘 처음 보았다."

고 익살을 부렸다.

보르게세 공원 앞에서 대기시켜 놓은 자동차로 나를 아란치 호텔까지 데려다주었다. 잠깐 들렀다가라고 했지만, 만찬의 초대를 받았는데 옷을 갈아입고 하려면 시간이 모자란다면서 켈리는 마크를 데리고 그냥 돌아가버렸다.

켈리와 마크를 보내놓고 나는 허전한 기분이었다. 〈예낭 풍물지〉를 읽고 싶다고 해서 원한다면 그 영역본을 줄 작정이었는데 호텔 앞까지 왔는데도 켈리는 그것을 챙기지 않았다. 기껏 외교적인 언사가 오간 것뿐이란 생각이 들었다.

최은희 씨에게 전화를 걸었다. 마침 그녀는 호텔에 돌아와 있었다.

"데시카 감독은 만났습니까?"

"만났습니다."

"재미나는 얘기가 있었습니까?"

"별로였어요."

그런데 그 말 소리엔 생기가 없었다.

"피로하신 것 아닙니까?"

"정말 지쳤어요."

"오랜 여행이니까 지칠 만도 하겠지요."

"아녜요, 그건."

"무슨 다른 이유라도 있는 것입니까?"

최은희 씨는 몇 번 힘 없는 웃음소리를 내더니

"이따 만나서 얘기하겠어요."

했다.

그러니 다음 이야기는 그 후에 들은 것이다.

그날 밤 나하고 헤어져 최은희 씨는 곧바로 방으로 돌아가 자려고 하다가 왠지 아쉬운 기분이 들어 비서인 한 여사와 더불어 로마의 밤거리를 산책하기로 했다.

산책을 하다가 어느 카페에 들렀는데 거기서 로마의 청년 둘을 만났다. 어찌나 친절하게 대하는지 마음을 놓고 이런저런 얘기를 하며 시간을 보냈다. 최은희 씨의 비서 한 여사는 오랫동안 홍콩에서 살았기 때문에 영어에 능하다. 로마의 청년들도 영어를 잘했다. 그래서 서로 말이 통했던 것이다.

카페에서 나오자 그 로마의 청년들이 재미있는 곳으로 안내하겠다고 제안했다. 망설이는 기분이 없진 않았지만 잠깐 동안의 모험이라고 생각하고 그 제안에 응했던 것인데 그들이 데리고 간 곳은 이상한 분위기를 가진 술집이었다. 포도주를 한잔 마셨을까 말까 했을 때 위험을 느낀 한 여사가 계산을 시켰는데 뜻밖의 액수가 나왔을 뿐 아니라 기괴한 행동을 할 낌새를 보였다. 두 여인은 만류를 뿌리치고 바깥으로 나왔다. 로마의 청년이 뒤를 따랐다. 그들은 자동차를 옆에다 대놓고 타라고 강요했다. 호텔까지 데려다주겠다고 했지만 믿을 수가 없었다. 두 여인은 골목으로 뛰었다. 자동차가 따라왔다. 뛰어도 후미진 거리만 나타났다.

간신히 호텔로 돌아와 보니 새벽 6시. 데시카 감독과 만날 시각은 오전 10시. 그 정도의 얘기만 들어도 상황을 대강 짐작할 수가 있었다.

이 얘기를 들은 연후 최은희 씨, 한 여사와 나는 바티칸에 갔다. 웅장한 바티칸을 둘러보고 내가 최은희 씨에게 물었다.

"감상이 어때요?"

"바티칸 근처에 그젯밤 만난 것 같은 놈팽이가 살고 있다 싶으니 납득이 가질 않아요. 그런데 이 선생께선 바티칸에 관한 감상이 어때요?"

"확실히 신이 존재한다는 겁니다. 신 없이 이런 건물, 이런 예술이 어떻게 가능하겠소."

"신이 있는데 어째서 그 놈팽이들이 가능하죠?"

"신이 있으면 악마도 있는 것이니까요. 악마가 있기에 신도 있는 겁니다. 신과 악마 가운데 어느 편을 택하느냐 하는 것이 인간의 문제지요."

"이 선생은 어느 편을 택하시죠?"

"아직 선택의 기로에 있습니다."

"바티칸에서 신의 존재를 확인했는데두요?"

"확인과 선택은 또 다른 문제지요. 신을 선택해서 천국으로 가는 것보다 그젯밤의 청년들을 따라 지옥으로 가는 것이 훨씬 흥겨운 일일지 모르니까요."

"언제 철이 들거죠, 이 선생님!"

"난 평생 철이 들 생각은 없소."

바티칸을 나와 로마 대학에 들렀다. 꽤 큰 규모의 아름다운 정원을 가진 대학이었지만 관심의 초점은 대학의 건물과 정원에 있지 않고 대학본부 앞에 수십 대 늘어선 트럭 위에 무장을 한 경찰관들이 빽빽이 서 있는 광경이었다.

학생들의 데모가 심해서 총장의 요청에 의해 경찰관이 항상 그런 태세를 취하고 있는 것이라고 했다. 기숙사라고 하는 건물 위에 적기赤旗가 걸려 있는 것을 보고 그러려니 했다. 그런데 정원 이곳 저곳의 그늘 밑에 남녀학생이 쌍쌍으로 부둥켜 안은 채 앉아 있기도 하고 누워 있기도 했다.

어떤 여학생은 남학생을 무릎 위에 눕혀 놓고 귓속을 후벼주고 있었고, 어떤 남학생은 여학생을 반듯이 뉘여놓고 그 배를 깔고 앉아 시시덕거리고 있었다. 카이사르, 키케로, 세네카의 후예들이 함직한 행동이 아니었고, 항차 동방예의지국의 군자로선 목불인견目不忍見의 외잡한 풍경이었는데 안내하는 학생의 말에 의하면, 경찰관들 보라고 일부러 지나친 행동을 조작하는 경향이 있다고 했다. 아닌 게 아니라 뙤약볕을 쪼이고 땀을 뻘뻘 흘리며 서 있어야 하는 경찰관들이 남녀학생들의 그런 꼴을 보고 있으면 약이 오를 대로 오를 것이었다. 민주주의는 로마에서는 당분간 불가능할 것으로 보았다.

이튿날 최은희 씨는 베니스로 떠났다. 나는 로마에 남았다. 마크와 그 어머니 켈리가 있었기 때문이다.

최은희 씨가 떠난 날의 오후, 오하이오의 청년 마크와 자니콜로의 언덕으로 갔다. 가리발디 동상 근처에 가면 '로마학 개론'을 가르치는 선생이 있다는 것을 마크로부터 들었기 때문이다.

켈리는 호텔에서 나의 〈예낭 풍물지〉를 읽으며 기다리고 있겠다고 했다.

"운수가 좋으면 만날 수 있을 것입니다. 세네카는 성격이 까다로워 매일 나오질 않아요. 오늘은 날씨가 좋으니까 나와 있을지 모릅니다."

하곤 마크가 덧붙였다.

"세네카가 영어를 하는 날이길 빕니다."

그게 무슨 뜻이냐고 물었더니, 그 세네카란 사람은 영어, 독

일어, 프랑스어, 스페인어, 러시아 등 십수 개의 말을 구사하는데 매번 그 용어가 다르다는 것이었다. 세네카는 물론 본명은 아니고 그 언변이 하도 유창하여 고대 로마의 웅변가 이름을 따서 그렇게 부르고 있다는 얘기이다.

세네카는 있었다. 벌써 십수 명의 관광객을 둘레에 모으고 있었는데 머리 모양과 의상을 고대 로마풍으로 꾸미고 있었다. 다행히 영어로 할 작정으로 보였다.

"30명이 차야만 시작한대요."

하고 노부인이 영어로 옆에 선 마크에게 귀띔을 했다.

그럭저럭 30명쯤 모였을 때이다. 앞줄에 있는 사람 하나가 수첩과 볼펜을 꺼내자 세네카가 말했다.

"필기는 허락하지 않겠소. 명웅변을 졸렬하게 필기해 놓으면 내 명예에 지장이 있으니까요. 필요하다면 프린트해 놓은 것을, 내 강의가 끝난 후 사십시오. 한 부에 5백 리라요."

이윽고 세네카는 다음과 같이 시작했다.

"자아 여러분, 일단 풍경을 보십시오. 로마의 구시가를 한눈에 조망할 수 있는 곳은 산피에트로 사원의 돔, 에마누엘레 2세의 기념당, 그리고 저 핀치오의 언덕과 이 자니콜로의 언덕이오. 이 자니콜로는 테베레 강의 오른쪽, 바티칸의 남쪽에 남북으로 이어져 있는 언덕이오. 아우렐리아누스가 건축한 성벽의 서쪽 끝이 되오. 이탈리아 통일의 영웅 가리발디가 바티칸의 군대와 싸운 고전장이 바로 여기요. 가리발디의 동상이 이곳에 서 있는 인연을 알겠지요."

또박또박한 이탈리아어 식 악센트로 하는 영어가 돼놔서 알아듣기가 쉬웠다. 그러나 다음은 5백 리라를 들여 입수한 프린트를 번역한 것이다.

로마! 불가사의한 도읍이라고 할 밖에 없지. 인구 2백만, 결코 크다고 할 순 없지. 그러나 예부터 이 도시처럼 숭앙과 동경의 대상이 된 도시는 없다. 왜 동경의 대상이 되었는가. 그 매력은 어디에 있는가. 이른바 3천 년의 역사. 그러나 역사가 오래된 것으로 말하면 이집트가 있다. 향락과 음탕의 도시. 그러나 파리가 있지 않는가. 그런데 고대 로마, 르네상스의 건축물, 그 폐허의 매력은 다른 곳에선 찾을 수가 없다. 중세 이래의 귀족들이 난숙한 밤의 생활을 펼치고 있는가 하면 판잣집에서 사는 빈민들이 있다. 실업자, 매춘부, 사기꾼이 득실거리고 있는 곳이 곧 로마이기도 하다. 추醜와 미美, 악惡과 선善, 건강한 것과 병든 것, 이러한 대조로서 꽉찬 이 도시는 여행자에게 각각 다른 모습으로 나타난다. 일러 천千, 아니 만萬의 얼굴을 가진 도시이다. 그러나 나는 로마가 지닌 몇 개의 얼굴만 소개하려고 한다.

세네카는 첫째 로마의 얼굴을 역사의 얼굴이라고 하고 현존하는 역사적 건조물과 유적을 들먹이며 역사를 설명했다.
둘째는 정치의 얼굴이라고 했다. 고대에서 현대에 이르기까지 로마를 휩쓴, 그리고 휩쓸고 있는 정치의 회오리 바람을 요

령있게 간추려 보였다.

　그 다음은 종교의 도시라는 설명이 있었다. 이교도의 도읍이 그리스도교의 도읍이 되고 지금은 무신론의 도읍으로 화했다는 얘기엔 박진감이 있었다.

　이어 안일이 지배하는 도시, 음탕이 지배하는 도시, 먹자판의 도시, 잔인하기 짝이 없는 도시라고 비분을 섞어 외치기도 하다가

　"그러나 뭐니뭐니 해도 로마는 예술의 도시이다. 예술품이 많다고 해서 예술의 도시가 아니라, 예술 없이는 이 도시가 존재할 수 없다는 그 사실로써 예술의 도시일 수밖에 없다."며

　"로마에선 안일과 나태도 예술이며 음탕도 예술이며 잔인 또한 예술이다."하고

　"예술로서의 로마여! 영원하라!"
고 말을 맺었다.

　자니콜로의 언덕을 내려오며 마크가 물었다.

　"어때요, 그 사람!"

　"세네카 이상이다. 세네카 이하는 아니다."
했더니 마크는 흡족한 표정이었다.

　그날 밤 자정을 넘어 켈리로부터 전화가 왔다. 〈예낭 풍물지〉를 읽은 독후감을 얘기하고 싶은데 호텔 아란치로 가도 좋겠느냐는 얘기였다.

　"마크는?"

하고 내가 묻자

"그는 잠들었다."는 대답이어서

"그럼 혼자서요?" 해보았다.

내 딴으로는 로마의 밤거리에 켈리 같은 미녀가 혼자 나다녀선 위험하리라는 걱정이었는데, 아니 그것을 빙자한 완곡한 거절이었는데 저편에선,

"걱정 마요. 이 호텔에서 택시를 타고 바로 그곳으로 갈 테니까요."

하는 삽상한 말이 흘러나왔다.

약간 당황하지 않을 수 없었다.

곧 테레지아가 나타나게 되어 있었던 것이다. 아무리 상류의 부인이라도 켈리에 대한 일시적인 체면치레로 모처럼 가꾸려고 하는 테레지아와의 로맨스를 부숴버릴 수 없는 심정이었다.

그러나 도리가 없었다. 프런트로 내려가 벨보이에게 돈을 맡기고

"테레지아가 오거든 이걸 주며 돌려보내달라"고 일렀다.

이래저래 로마의 밤도 수월하지만은 않은 것이다.

"동양의 신사와 만나는 것은 난생처음 있는 일이에요."

한 켈리의 말을 상기하며 설레는 가슴의 밑바닥에 음탕한 기대가 없지 않은 것을 발견하고 혼자 얼굴을 붉혔다.

'안일도 나태도 잔인도 음탕도 로마에선 예술이다.'

자니콜로의 언덕, 가리발디 동상 옆에서 외친 세네카의 소리가 되살아났다.

로마의 휴일

1971년 로마 3

로마의 휴일
– 1971년 로마 3

여행을 하고 있으면 마음이 로마네스크하게 물든다. 윤리적인 결벽감潔癖感, 도덕적인 자제력이 다소 이완되기 마련이다.

켈리도 그런 기분이었는지 모른다.

동양의 남자가 백인의 여자에게 호기심을 느끼는 그만큼 백인 여자도 동양 남자에게 호기심을 느끼는 것일까. 그런데 그 호기심이 본고장에 있을 땐 행동으로 발현되지 않고 꺼져버리는 것인데 결벽성과 자제력이 이완되는 여로에선 거리낌없이 호기심의 불꽃이 타오를 수 있는 것이다.

동양과 서양의 만남이란 신비롭기조차 하다. 지리산 산골에서 자라나 50년의 세월을 헤맨 끝에 미국 오하이오에서 온 백인의 미녀를 로마에서 만났다는 것은 《이탈리아 기행》을 쓴 괴테의 필력을 빌릴 수만 있다면 기막힌 한 편의 시를 이룰 수 있을 것이다.

"당신을 만나기 위해 내가 로마에 온 것 같다."

는 뻔뻔스런 소리가 예사로 나오기도 했다.

켈리의 대답도 거침이 없었다.

"나도 그런 기분이에요."

운명은 사람을 어느 곳으로 끌고 갈지 모른다. '운명'이 두 사람 사이의 화제가 되었다.

"운명은 항상 두 얼굴을 가지고 있는 겁니다."

하고 켈리가 나직히 속삭였다.

"빛나는 얼굴과 어두운 얼굴!"

"행복한 사람은 운명의 빛나는 얼굴만 보고 살 수 있는 사람이고, 불행한 사람은 운명의 어두운 얼굴만 보고 사는 사람이 되겠지요."

한 것은 나의 말이다.

"행복과 불행!"

하고 켈리는

"그건 마음의 빛깔이지 실체實體는 없는 것 아닐까요."

하며 한숨을 섞었다.

내용도 맥락도 없이 무드 있는 말만 오갔지만 그것이 감미로웠다. 인생의 어떤 실상을 본 것 같은 느낌이기도 했다. 실존주의는 극한상황에서만 성립되는 것이 아니다.

농축된 시간의 의미, 순간순간의 빛나는 형상形象, 켈리가 그 방 안에 없었더라면 절대로 만들어낼 수 없는 시간의 실질實質,

그것이 바로 실존이 아닌가.

"절대적 삶, 절대적인 시간이란 것을 알아요?"

내가 물었다.

"알구 말구요. 나는 절대적인 공간도 알고 있는걸요."

하며 켈리는 낮은 웃음소리를 냈다.

클레오파트라처럼 당당하게 군림하기 위해 이 세상에 태어
난 것 같은 여성이 이처럼 수줍은 소녀처럼 될 수 있다는 것은
확실히 놀람이 아닐 수 없었다.

……

로마의 봄밤은 의외로 짧다.

커튼이 희부옇게 떠올랐다.

"마크가 깨기 전에 가야지."

하고 켈리는 침대에서 내려가 옷을 입기 시작했다. 박명薄明 속
에 탐스런 여체가 움직이는 것이 꿈속의 정경과 같았다.

"11시에 전화할게요."

이 말을 남겨 놓고 켈리는 도어 저편으로 사라졌다.

켈리가 사라진 도어를 멍청히 바라보고 있다가 눈을 감고
담요를 뒤집어썼다. 잠을 청해보았으나 좀처럼 잠이 올 것 같
지 않았다.

나는 여성과의 만남을 회고하기 시작했다.

언제부터 여성을 의식하게 되었던가.

보통학교 5학년 때였던가, 6학년 때였던가. 내가 사는 마을

의 건넌마을에 예배당이 생겼다.

여름방학이었다. 호기심에 끌려 그 예배당에 가보았다. 그 날은 일요일이어서 예배당의 종이 우리 집까지 울려왔던 것이다.

예배당 근처에서 주저주저 맴돌고 있는데 많은 사람들이 예배당에 몰려오고 있었다. 그 가운데 머리를 길게 땋아 늘인 처녀가 끼어 있었다. 주변의 사람들은 모두 시골풍이었는데 그 처녀만은 어딘가 달랐다. 하얀 모시 저고리에 감색 치마를 입은 것이 어린 마음으로도 세련된 인상이었다. 얼굴빛이 희고 눈이 맑았다. 꼭 다문 입술이 얌전한 인상을 더했다.

사람들이 권하는 바람에 예배당에 들어가서도 오른쪽의 한 가운데쯤에 앉은 그 처녀에게로 눈이 쏠리는 것을 어떻게 할 수가 없었다.

처녀는 어른스러웠다. 나보다는 대여섯 살 위로 보였다. 내게도 저런 누님이 있었으면 얼마나 좋을까 하는 생각을 가져보기도 했다.

"기도합시다."

하는 소리에 모두들 눈을 감고 고개를 숙였지만 나는 눈을 뜬 채 그 처녀만 바라보고 있었다.

모두들 '아멘' 하고 고개를 들었을 때 나는 얼마나 놀랐는지 모른다. 그러나 내가 눈을 그냥 뜨고 있는 것을 아무도 눈치채지 않은 것 같아서 적이 마음을 놓았다.

설교가 시작되었다.

설교자는 툭툭한 검은 로이드 안경을 쓴 사람으로 무슨 조사助事라고 했다.

이상하게도 삼십 수년이 지난 이날까지 그 조사의 설교를 비교적 선명하게 기억하고 있다. 제목은 '약한 자는 살고 강한 자는 망한다' 는 것이었다.

토끼는 유순하고 약하지만 번식력이 강하고 잘 산다고 했다. 호랑이는 강하지만 새끼를 수년 만에 한 번씩 낳는데 두 마리가 성하면 한 마리는 꼭 병신이라고 했다. 그런 이유로 호랑이는 번창하지 못하고 오래 살지도 못한다는 것이다.

"그러니 우리는 토끼처럼 유순하게 살아야 한다."

며 성경을 펴고 어느 대목을 읽기도 했는데 나는 납득할 수가 없었다. 짬이 있기만 하면 동무들과 토끼 잡으러 뒷산을 헤매는 나로선 우리들에게 쫓기기도 하고 더러는 붙들리기도 하는 토끼가 잘 사는 것이라고 생각할 수가 없었다.

학교에서 기르는 토끼를 보아도 그렇다. 좁은 상자 안에 갇혀 가끔 주는 풀을 이가 빠진 할머니처럼 우물우물 씹고 있는 그 빨간 눈의 동물은 아무리 보아도 행복과는 먼 존재인 것이다. 이에 비하면 호랑이는 얼마나 멋진가. 물론 상상할 밖엔 없는 일이지만 비록 번식력은 강하지 못하다고 하더라도 태산을 넘고 준령을 넘어 때론 포효하기도 하고 때론 앞발로 바위를 치기도 하는 모습은 얼마나 삽상하고 멋진가.

그런데도 그 조사의 설교는 유익하다고 느꼈다. 호랑이가 한꺼번에 세 마리의 새끼를 낳는데 그 중 한 마리는 반드시 병신이란 지식을 얻은 것은 대단한 수확인 것이다.

이것은 지금 생각하면 내가 예배당을 다니기 위한 자기 변명이었던 것 같다. 나는 방학 동안 수요일 밤과 일요일 오전이면 열심히 예배당에 다녔다. 솔직히 말해 그 처녀 가까이에 있기 위해서, 그 처녀를 보기 위해서.

예배당에선 나를 극진히 환대해 주었다. 아무개집 아들이 예배당에 다닌다는 것은 그 예배당으로서도 손해될 일이 아니었기 때문이다.

오래지 않아 나는 그 처녀의 이름이 KSA란 것과 나이가 18세란 것, 그 근방에선 이름난 목수의 막내딸이며 그 예배당 집사의 누이동생이란 것을 알았다.

그것을 첫사랑이라고 하는 것일까. 그 처녀와 만나 얘기라도 해보고 싶은 것이 갈증을 닮아 있었지만 그런 기회가 올까봐 겁이 나기도 했다.

어느덧 여름방학이 지났다. 방학이 끝나면 나는 이웃면에 있는 양보학교良甫學校로 가야만 했다. 우리 북천면엔 그 당시 4학년 과정밖에 없었다. 보통학교 6학년의 과정을 마치려면 이웃 곤명학교昆明學校로 가든지, 산을 넘어 양보학교로 가든지 해야 했다. 곤명학교는 신작로로 20리 상거에 있었다. 많은 사람들이 걸어서 그 학교엘 다녔다. 그런데 곤명학교는 그때만 해도 복식수업으로 두 학년을 한 반에 수용하여 수업을 했고, 양보학교는 재를 넘어 30리 상거에 있었는데 6학년 6학급으로 이른바 단식수업이었다.

아버지는 나를 양보학교로 가도록 해주었다. 30리 길을 걸어다닐 수가 없었다. 그런 까닭에 나는 열 살 때부터 하숙생활을 했어야만 했다.

그 처녀를 알게 된 후 나는 다음 방학을 기다렸다. 방학이 아니라도 토요일이면 가끔 집에 돌아오곤 했지만 예배당에 갈 여가는 없었던 것이다.

고대하던 겨울방학이 왔다. 일요일이 되길 기다려 예배당으로 달려갔다. 그런데 그 처녀의 모습은 보이지 않았다. 예배당 사람들이 모두 나를 반겨주었지만 내 마음속엔 공동空洞이 생겨 찬바람이 일었다.

어떻게 된 연유일까. 오빠가 예배당의 집사인데 집안에서 예배당에 다니는 것을 금했을 까닭은 없을 것이었다. 기도도 건성으로 올리고 설교도 건성으로 들었다. 뒷문이 열리는 소리만 있으면 뒤를 돌아보며 가슴을 떨었지만 그 처녀는 결국 나타나지 않았다.

누구에게도 물어볼 수도 없는 일이었다. 그날 밤 별빛은 유난히도 맑았고 바람은 쌀쌀했다. 밤길을 터덜터덜 걸어오는데 허전하기 짝이 없었다.

그 다음 수요일에도 예배당에 갔다. 여전히 그 처녀는 나타나지 않았다. 그런데 그날 밤, 왜 그 처녀가 나타나지 않는지의 이유를 알았다.

그 처녀는 시집을 간 것이다. 진주읍으로 시집 갔다는 얘기를 들었다. 맥이 탁 풀릴 지경이었다. 나의 생활의 주변이 돌연 황량하게 변했다.

시집을 안 갔으면 어떻게 한단 말인가. 열한두 살의 소년이 18세 처녀를 상대로 어떻게 하겠다는 얘기였던가. 따지고 보면 우스운 얘기지만 그때의 나의 가슴은 터질 것만 같았다. 이렇게 하여 나는 사춘기에 들어선 것이다.

그러나 그 허전함은 곧 잊을 수가 있었다. 소년의 센티멘털리즘은 때론 강렬하기도 하지만 얕기도 하다. 하지만 그 처녀의 모습은 나의 망막에 깊숙이 새겨졌다.

중학생, 정확하게 말하면 농업학교 학생이 되어 진주의 거리를 걸으면서 이 도시 어느 곳에 그 처녀가 살고 있다는 생각을 종종 했지만 절실성은 없었다. 추억 속에 자리를 잡게 된 것이다.

그때가 언제인지 그 계절조차도 잊었다. 어느 날의 오후, 간판 그리는 집 앞을 지나고 있었다. 그 집은 진주 시내의 극장 영화광고를 도맡아 놓고 그리는 집이었다. 시골의 간판답지 않게 그림을 썩 잘 그리는 화공이 주인이었다. 특히 다니엘 달류, 진저 로저스 같은 여배우의 그림, 게리 쿠퍼, 클라크 게이블 같은 남배우의 그림엔 박진감이 있었다. 간판화가가 되지 말고 본격적인 그림 수업을 했더라면 일류의 화가가 될 수 있지 않았을까 하는 아쉬움을 느끼게 하는 기량의 소유자이기도 했다.

그런 까닭에 그 가게 앞을 지날 때마다 간판을 쳐다보곤 했던 것인데 그날은 간판그림이 바뀌어져 있었다. 나폴레옹이 알프스를 넘는 장쾌한 그림이 걸려 있었다. 나는 길 건너편에

서서 간판 속의 나폴레옹을 보고 있었다.

그랬는데 그 가게에서 어느 여인이 나타났다. 바로 그 처녀였다. 나는 소스라치게 놀랐다.

'아아, 그 여자가 시집온 데가 바로 이집이었구나.'

한편 그녀를 축복하고 싶은 마음이 되었다. 간판화가일망정 예술적인 기질이 있는 남편을 가졌다는 것은 다행한 일이 아니겠는가 싶어서였다. 그만한 기량의 남편이니 생활이 군색하지는 않을 것이었다.

그 여자는 골목길에 들어서며 힐끔 내 쪽을 돌아보곤 나와 시선이 마주치자 얼른 고개를 돌렸다. 나를 의식한 것이 분명했다.

그 후 나는 그 가게에 가서 그 여인의 남편인 박씨로부터 다니엘 달류를 목탄으로 그린 그림을 얻은 적이 있다. 어떤 동기였는지도 모르고 무슨 말을 했는지도 기억에 없지만 다니엘 달류의 그림을 얻은 것만은 확실하다.

15년 가량의 세월이 흘렀다. 나는 대학을 나오고 일제 때 학병으로 중국에 갔다가, 해방이 되어 돌아와선 고등학교 교사 노릇을 잠시 하다가, 6·25를 겪고, H대학의 교수로 있었을 때이다.

H대학은 당시 마산에 있었다.

봄철 어느 날의 오후였다.

연구실에서 책을 읽고 있는데 전화가 왔다. 여자의 목소리가 흘러나왔다. 마산 시장의 부인이라고 했다. 그때의 마산 시장은 박영두朴永斗란 사람이다. 나와는 친숙한 사이였다. 그러니 그 부인과도 면식은 있었다. 그러나 그 부인과는 친히 전화를 주고받을 만한 사이는 아니어서

"박 시장의 전화입니까?"

하고 물었다.

"아닙니다. 이 선생님을 보고 싶다는 분이 제 집에 와 있어서요. 그래서 전화를 한 거예요."

"누구십니까. 그분이."

"와 보시면 알 겁니다. 5시까진 저희 집에 있을 거예요. 혹시 시간이 있으시면 오시지요."

따져 묻고 싶었지만 그럴 수는 없었다. 그날 오후엔 특별한 일도 없고 해서 한 시간 안으로 가겠노라고 했다.

박 시장의 집은 H대학 가까운 곳에 있었다. 5분이면 갈 수 있는 거리였다.

박 시장의 집에서 나를 기다리고 있는 여인은 KSA. 간판화가 박씨의 부인, 어릴 적 예배당에서 본 그 여인이었다.

적이 놀랐지만 그런 사태에 당황하지 않을 정도의 나이는 되어 있었다.

먼저 입을 연 것은 상대방이었다.

"저를 알아보시겠어요?"

"알아보구 말구요."

박 시장의 부인이 과일을 가져온다, 차를 나른다 하며 법석을 떨었다.

40세가 가까울 것인데도 그 여인은 젊었을 때의 모습을 그냥 지니고 있었다. 살이 좀 찐 듯하여 관록으로선 중년여성이었지만 청초한 품위가 남아 있었다.

"여기엔 웬 일입니까."

어색한 시간을 메우기 위해 내가 한 말이었다.

"저의 오랜 친구예요."

박 시장의 부인이 대신 대답했다.

"마산에 어떻게 오셨는가 하구요."

"전 마산에 살고 있어요."

그 여인의 대답이었다.

"진주에 계시는 줄만 알았는데."

"몇 해 전에 이리로 이사를 왔습니다."

"주인께선?"

"진주에 있습니다."

주인은 진주에 있는데 왜 당신은 마산에 있는가 하고 물어보고 싶었지만 그럴 수는 없었다.

"이 사람이 이 선생님을 보고 싶다고 해서요. 우연히 이 선생님의 말이 나왔거든요. 하두 안달을 하길래 대학으로 전화를 한 겁니다."

박 시장의 부인의 말이 변명하는 투로 되었다.

"같은 고향 사람이 이곳에 계신다기에 부탁한 것 뿐인데."

하고 그 여인은 얼굴을 붉혔다.

그 뒤 무슨 애기를 했는지 기억에 없다. 아마 고향에 계시는 부모님들의 소식을 서로 물었을 것이다.

　주위가 어둑어둑할 때까지 그 집에 있다가, 나올 땐 같이 나왔다.

　"바쁘시지 않으면 바닷가를 같이 걸어 보았으면……."

했다.

　"바쁜 일은 없습니다."

하며 나는 택시를 붙들었다.

　바닷가로 가려면 결핵 요양소 근처로 가야만 했다.

　택시 안에선 서로 말이 없었다.

　해수욕장 근처에서 내렸다.

　봄철의 해수욕장은 한산하다.

　해수욕장 언저리를 걷기 시작했다.

　어둠이 깔렸다. 서로의 얼굴을 볼 수 없는 것이 다행이었다.

　"어떻게 저를 만나볼 생각을 하셨습니까?"

이렇게 내가 입을 열었다.

　"꼭 만나뵙고 싶어서요."

　"특별한 이유라도 있습니까?"

　"그런 것이 있을 까닭이 있겠어요? 그저 만나보고 싶었을 뿐입니다."

뭐라고 할 말이 없었다.

　침묵 속에서 얼마인가를 걷고 나서 내가 물었다.

　"어릴 적 저는 무척 부인을 좋아했습니다. 저런 누님이 내게 있었으면 했지요."

답이 없었다.

"저의 그런 마음, 짐작이나 했겠어요?"

내가 거듭 물었다.

"모를 까닭이 있겠어요?"

이 말에 나는 짐짓 놀랐다.

"한 마디 말도 없었는데 어떻게 아셨죠?"

"왠지 알았어요."

그때 나는 '텔레파시'란 말을 상기했다. 18세의 처녀가 12세 소년의 마음을 어떻게 알았단 말인가. 무서운 텔레파시란 생각이 들었다.

여인은 아들이 마산고등학교에 다니고 있다는 얘기를 비롯해서 이것저것 말한 것 같았으나 구체적인 내용은 전혀 기억에 없다.

반가움은 물론 있었겠지만 연정戀情에 가까운 감정은 없었다. 고향을 같이 한 40세의 여인과 32세의 사나이가 어둠이 깔린 호젓한 바닷가를 그저 걷고 있었을 뿐이다.

그리고는 3년이 지났다. 나는 H대학에서 부산에 있는 K 신문사의 주필 겸 편집국장으로 자리를 옮겨 있었다. 여름철의 어느 날이 아니었던가 한다. 수위실에서 연락이 왔다. 어떤 부인과 학생이 면회를 왔다는 것이다. 친척의 누군가가 아닐까 하고 모시고 오라고 했더니 나타난 사람은 그 여인과 대학생으로 보이는 청년이었다.

편집국장 자리 앞 소파로 안내했다.

청년은 그 여인의 아들이었다. 서울대학교 의과대학 예과에 다닌다고 했다. 어머니를 닮아 단정하고 해맑은 얼굴이며 여윈 듯한 몸매가 지성적이었다. 한눈으로 호감을 가졌다.

근처의 다방에 가서 장시간 얘기를 했다. 그러는 중 학생에게 요즘 무슨 책을 읽고 있느냐고 물었더니 톨스토이를 비롯하여 발자크, 모파상, 카로사 등의 이름을 들먹였다.

"의과대학 학생이 어찌 그런 책을……"

"예과이니까요. 지금 그런 책을 읽지 않으면 기회가 없을 것 같아서요."

그의 눈초리는 초롱초롱하고 그의 말소리는 상냥했다. 그런 아들을 자랑스럽게 바라보고 있는 여인의 얼굴이 인상에 남았다.

그런 일이 있고 10여 년이 지났다. 그때 나는 서울에 있었다. 심한 풍랑에 시달린 작은 배가 낯선 항구에 표착하여 한숨 돌리고 있는 것 같은 때이다.

뜻밖에 그 여인으로부터 전화를 받았다.

"고생을 하셨다는데 위문도 못하고 뵐 면목이 없지만 모시고 식사라도 하고 같이하고 싶은데요."
라는 간절한 말이었다.

약속 장소에서 만나자 여인은 먼저 자기 아들 있는 곳으로 가자고 했다.

그 무렵 여인의 아들은 왕십리 근처에 조그마한 병원을 차려놓고 있었다. 박사 학위도 받고 전문의의 자격도 땄다는 얘기여서 10여 년 전에 만난 적이 있는 청년의 총명한 인상을 상기하고 그러려니 했다.

의젓한 의사가 되어 있는 그가 나를 무척이나 반갑게 맞아 주었다.

"왠지 외갓집 아저씨를 만난 것 같다."며

"곤란한 일이 있으면 서슴없이 말씀하세요. 힘 닿는 데까지 노력하겠습니다."

하는 말까지 있었다.

그의 말에 나는 그 어머니의 심정을 읽었다. 그 여인은 아들에게, 내가 옥살이 한 사실을 말하고 지금 곤란한 사정에 있을 것이니 성의껏 도와주라고 타일렀을 것이라고 짐작했다. 그때서야 나는 그 여인이 먼 빛으로 나의 인생행로를 지켜보고 있었다는 사실을 깨달았다. 만날 때마다 그 여인이 내 사정을 너무 잘 알고 있었다는 것이 새삼스럽게 느껴졌던 것이다.

그러나 비록 내가 곤란한 처지에 있었다고 해도 갓 개업한 의사의 도움을 필요로 할 만큼 정신적으로나 물질적으로 군색하진 않았다.

"호의를 잊지 않겠다."

는 정도로서 그때의 식사는 끝난 것 같다."

그리고 그들을 잊었다.

7, 8년쯤 지났을까.

그러니까 1970년 겨울이었다. 나는 박 박사, 즉 그 여인의 아들로부터 초대를 받았다.

천호동에 있는 S병원이라고 하는 종합병원을 만들었는데 그

병원 창립 2주년인가 3주년의 기념식에 참석해달라는 내용의 초대장이었다.

5층으로 된 당당한 건물이었다. 병실이 수십 개나 되는 구조이고 의료설비도 대단하다고 들었다. 그날 밤의 초대연은 성황이었다. 그런데 그 여인의 모습이 없었다.

공식적인 파티가 끝나고 나만이 박 박사의 거실로 안내되었다. 우선 놀란 것은 거실이 호화스러웠다고 해서가 아니고 오디오 장치가 정치했기 때문이다. 음악에 대한 관심이 깊은 탓이라고만 생각하고 있었는데 그의 친구의 말을 통해 박 박사가 성악가로서 일류에 속한다는 것을 알았다. 뿐만 아니라 문필에 있어서는 보통 이상의 소양이 있었다. 뒤에 읽은 것이지만 출판된 그의 수필집을 읽고 나는 살큼 감동하기도 했다.

손님들을 보내놓고 거실로 들어온 그에게 나는

"어머니는 어디 계시는가."

고 물었다.

"어머니는 돌아가셨습니다."

그의 대답이 침통했다.

충격이 너무나 컸다. 가까스로 물었다.

"언제."

"3년 전입니다."

무슨 병이냐, 어떻게 죽었느냐 하고 물을 필요가 없었다.

"아직 60세도 되지 않았을 것인데……."

하고 내가 중얼거렸다.

"53세였습니다."

박 박사의 말은 조용했다.

나의 알뜰한 독자를 잃었구나 하는 감회, 나의 정신적인 파트롱을 잃었구나 하는 상실감, 보다도 나의 첫사랑이 사라졌구나 하는 슬픔으로 하여, 그 아들 앞인데도 나는 눈물을 숨길 수 없었다.……

눈을 떴다.

켈리가 나간 도어의 윤곽이 선명하게 드러났다. 이윽고 아침이 된 것이다.

로마의 호텔에서 첫사랑의 시작과 종언을 살펴보게 될 줄이야 꿈엔들 상상할 수 있었겠는가.

나는 그 여인을 통해 나름대로 '플라토닉' 한 사랑이란 어떤 것인가를 이해하게 되었던 것인데 그러고 보니 그 여인의 내게 대한 의미는 '플라토닉' 한 사랑을 가르친 데 있었던 것 아닌가.

이미 잡스러운 몸이 되어버린 나로서 무슨 염치로 '플라토닉' 한 사랑을 상기조차 할 수 있겠는가.

나는 그 여인 다음에 내 앞에 나타난 또 하나의 여인에게 생각을 미치려다가 말고 침대에서 일어났다.

다시 로마의 하루를 시작하기 위해선 우선 화장실부터 다녀와야 하는 것이다.

정각 11시에 켈리로부터 전화가 왔다. 1시에 자기가 묵고 있는 호텔의 로비로 와달라는 전갈이었다.

1시에 그곳으로 갔다.

그때의 켈리는 또 다른 차림이었다. 베이지색 블라우스에 분홍색 판탈롱으로, 어제보다도 더 스포티하고 스마트했다.

"마크는?"

"오늘 오후 미스터 리하고 미술관을 돈다니까 자긴 영화 보겠다며 나갔어요."

하고 켈리는 장난스럽게 웃었다.

미술관을 돌 약속을 언제 했던가 싶었다. 찬찬히 생각해보니 어젯밤 그런 얘기가 있었던 것 같은 기억이 났다. 그러고 보니 어젯밤 나는 건성으로 지껄이고 있었던 모양이다.

주스를 마시고 난 뒤 켈리가 데리고 간 곳은 로마역이었다.

로마역의 현대식 건물을 정면에서 보며 켈리는 그 건물을 좌우에서 받치고 있는 것 같은 조적組積의 성벽을 가리켰다.

"저 성벽은 2천여 년 전에 만들어진 것이라고 해요. '세르비우스의 성벽'이라고 한다나요. 세르비우스는 옛날 로마에 군림한 에트루리아의 왕입니다. 그런데 저걸 자세히 보세요. 2천여 전의 성벽을 이용해서 현대식 건물을 지은 것입니다. 옛날과 지금과의 대조가 기막히지요?"

나는 이 여자가 어젯밤의 그 여자인가 하는 놀람으로 켈리의 옆 얼굴을 보았다. 귀부인으로서의 위엄과 품위에 빈 틈이 없었다.

가까이에 '테르메 미술관'이 있었다. 국립미술관이다. 그 미술관 앞에 서서 다시 켈리의 설명이 있었다.

"이곳은 '디오클레티아누스' 욕장浴場이었답니다. '카라칼라' 욕장보다 훨씬 큰 규모의 욕장이었다고 해요. 바로 저 건물이 '산타 마리아 안젤리' 교회. 미켈란젤로가 개축했다는 건물이지요."

테르메 미술관에선

"이것이 퀴레네의 비너스."

"저것이 루드비시의 왕좌."

라는 식으로 설명하고 나서 켈리는

"로마는 두터운 역사의 집적集積 위에 세워진, 바로 역사의 파노라마라고 할 수 있지요. 이 도시가 간직하고 있는 미술품의 풍부함과 다양함엔 런던도 파리도 따라갈 수가 없습니다. 그런 까닭에 로마에 오려면 한 학기쯤 대학에서 기초지식을 공부하고 와야지요. 무턱대고 관광으로 와보았자 잡다한 인상만 가지고 피로할 뿐입니다. 괜히 로마에 갔다왔다는 기분만 남는 거죠. 로마에 대한 모독입니다."

하고 엄숙한 표정을 지었다.

"그렇다면 나는 로마를 모독하기 위해 온 사람이 된 셈이군요."

이렇게라도 나는 한마디 안할 수가 없었다.

그런데 켈리는 농담으로 받아들이지 않고

"그래선 안 되지요. 그래서 내가 로마 안내를 맡아 나선 겁니다."

했다.

테르메 미술관의 소장품엔 정말 놀라지 않을 수 없었다. 로마 회화繪畵의 진수가 가득 차 있었다. 파르네지와 프리마 포르타의 프레스코 등은 이곳 이외에서는 볼 수 없는 진품이라고 했다.

산타 마리아 안젤리 앞의 에세도라 광장에서 서쪽으로 일직선으로 뻗은 나치오날레 거리를 건너서면 로마 황제들의 유적이 나타난다. 카이사르의 유적을 중심으로 아우구스투스, 베스파시아누스, 네르바, 트라야누스 등 역대의 황제가 도시계획의 필요에서 또는 정치적인 목적에서 장엄한 건물과 기념비 등으로 장식한 곳이다.

그 대부분은 도로 밑에 묻혀버리고 일부가 발굴되었기는 하지만 트라야누스의 시장을 제외하곤 초석과 원주의 단편일 뿐이다.

그런데 트라야누스의 기념탑만은 기적적으로 남아 폐허에 광채를 빛냈다.

"높이가 42미터입니다. 저 원주의 나선형으로 상승하는 길다란 부조浮彫는 황제 트라야누스가 다키아 전쟁에서 승리한 장면을 새긴 것이라고 하는데 로마 조각의 일품입니다."

켈리의 설명이 없었더라면 이 모든 것이 주마간산격의 풍경이 되어 버릴 뻔했다.

아칸사스의 폐허, 콜로세움, 그리고 그 옆에 있는 콘스탄티누스 황제의 개선문을 돌아 야누스 문으로부터 테베레 강으로 나섰을 때 켈리는 비로소 웃음을 보이며 물었다.

"클레오파트라를 아시죠?"

"이름은 듣고 있지요."

"클레오파트라와 인연이 깊은 강입니다. 테베레는……."

가다꼼바를 구경하고 자동차로 앗피아 가도의 기점까지 갔다가 어느덧 해가 저물어 비아 베네토로 돌아왔다.

카페 드 파리의 노천석에서 포도주를 마시며 나는 감탄을 섞어 켈리에게 물었다.

"로마 공부를 언제 그리 많이 했었습니까."

"나는 대학시절 고대미술사를 부전공으로 했었지요. 그런 까닭에 로마에 있으니 고향에 온 느낌이에요."

나는 그녀의 미술 감상력을 부러워했다. 그 정도의 감상력이 없어선 아무리 빛나는 인류의 유산도 돼지에게 진주眞珠인 것이다.

모처럼의 유산을 물려받고 있으면서도 그 가치를 모른다면 인생을 헛되게 산 것이 아닌가 하는 마음이 들기조차 해서

"나는 당신이 부럽습니다."

고 실토했다.

켈리는

"로마의 미술관을 두루 둘러보기 위해선 부지런한 사람으로서도 1년 넘어 걸릴 것이지만, 이번 기회에 꼭 보아 두도록 권하고 싶은 곳은."

하고 빌라, 줄리아, 카피톨리노, 콘세르 바토리오, 피오 클레멘

티노, 바르베리니, 보르게세 등의 미술관을 들먹였다.

그리곤

"내일엔 보르게세와 피오 클레멘티노에 가 보자."

고 했다.

사실을 말하면 나의 로마 체재기일은 내일 하루밖에 없었다.

그런데 왠지 그 말을 못하고 말았다.

마크와 같이 저녁식사를 해야 한다며 켈리는 호텔로 돌아갔었다.

그날 밤에도 12시에 켈리가 아란치 호텔의 내 방에 왔다.

미리 얼음에 채워두었던 포도주를 그녀의 글라스에 따라주며 물었다.

"마크는?"

"이미 잠들었어요."

"같은 방에서 잡니까?"

"아닙니다. 나이가 그쯤이면 엄마와 같이 자길 싫어해요. 마크의 방은 3층이고 내 방은 5층에 있지요."

"참으로 좋은 청년이던데."

"좋은 청년이지요. 그런데 의지력이 약한 것 같아서 걱정입니다."

"의지력을 시험해 본 적이라도 있습니까?"

"시험해 본 적은 없어요. 시험해 본 적은 없어도 알아요. 주의력이 산만하고 기분이 자주 바뀌어요."

"그럴 만한 나이 아닙니까."

"마크는 내가 미스터 리를 가로챘다고 기분이 좋지 않은 모양이에요."

"내가 어머니를 가로챘다고 기분이 나빠진 것은 아닐까요?"

"그럴 리야 없죠."

나와 자기의 어머니가 이런 관계가 되었다는 것을 알면 마크가 어떤 반응을 보일까 하는 생각이 있었지만 그런 문제를 화제에 올릴 수야 없었다.

"당신이 쓴 〈예낭 풍물지〉를 두 번 읽었어요."

켈리는 백에서 내가 준 책자를 꺼내 접어놓았던 페이지를 펴며

"이 대목이 기가 막혀요. 소리내어 읽어 볼게요."

하곤 읽기 시작했다.

엷게 황혼이 깔린 거리다.

솜털로 피부를 문지르듯 공기는 부드럽다. 각양각색의 극채색이 담백한 흑백색으로 분해되어가는 시간. 나는 이런 시간을 좋아한다. 노추老醜도 부각되지 않고 치졸도 눈에 거슬리지 않는 낮과 밤, 빛과 어둠의 어림길, 사람들의 걸음걸이는 가볍고 얼굴들도 편안했다.

나는 어떤 예감 같은 것에 몸을 떨었다. 이럴 때야말로 무슨 기적같은 일이 일어나는 것이다. 나는 흥분을 가까스로 진정하고 '나이드라짓'을 사러 단골 약국으로 막 들어서려는

찰나였다. 누군가의 부름을 받기나 한 것처럼 고개를 돌렸다.

고개를 돌리자 나의 시선은 건너편 길을 걸어가고 있는 여자의 옆 얼굴에 스파크했다. 그 여자였다. 그 여자는 이제 막 꽃 핀 가등街燈 밑으로 꿈속에서 나타난 선녀처럼 걸어가고 있었다.

나의 동작은 민첩했다. 순식간에 4, 5미터의 간격을 두고 나는 경숙의 뒤를 따르고 있었다. 뜻하지 않은 기적을 만난 흥분과 급격하게 몸을 움직인 탓으로 숨이 가빴지만 고통은 느끼지 않았다.

나는 말쑥이 몸치장을 한 경숙의 뒷모습을 만족한 가정생활을 하고 있는 중년 여성의 기품으로 보았다. 옛날보단 약간 살이 오른 것 같은 몸집으로부턴 우아한 에로티시즘을 발산하고 있었다. 경숙은 혼자 걷고 있는 것이 아니었다. 그의 남편이라고 짐작되는 중년 신사와 동행이었다. 나는 내 앞에 걸어가고 있는 그 여자가 분명 경숙일 수밖에 없다고 확신하면서도 그녀가 한때 나의 아내였다는 사실을 실감할 수 없었다. 저 우아하게 차린 여인이 불과 몇 해 전 실오라기 하나 걸치지 않고 나의 품안에서 신음한 여자라곤 아무래도 믿어지질 않았다.

그들은 가끔 쇼윈도를 들여다보곤 뭔가 소곤거려가며 천천히 걸었다. 나는 문득 그 남자에게 공손히 절을 하곤 '경숙일 이처럼 사랑하고 행복하게 해주셔서 대단히 감사합니다.' 하는 인사를 하고 싶은 충동에 사로잡혔다. 그러나 어떻게 해야 좋을지 몰랐다. 앞질러 돌아가서 길을 막고 해야 하느냐, 어깨를 두드려 돌아서게 해야 하느냐, 이렇게 망설이며 걷고 있는데 그들은 큰 거리에서 작은 거리로 접어들더니 미리 자동차를 거기에다 대기시켜 놓았던 모양으로 자동차를 타자마자 미끄러지듯 나의 시계에서 사라져 버렸다.

닭을 쫓던 개의 꼴도 아니다. 이제 막 꿈에서 깨어난 기분이었다. 나는 가까이에 있는 전신주에 몸을 기댔다. 일시에 피로가 엄습해 온 느낌이었다. 그런데 한가닥도 질투 같은 감정은 없었다. 에로티시즘을 느꼈다고 하지만 그건 이미 객관화된 상념이었을 뿐이다.

영문으로 번역된 문장인 탓인지 그것이 내가 쓴 것이란 실감을 전연 가질 수 없었다. 그저 멍청히 듣고 있었을 뿐이다. 아닌 게 아니라 그것은 제임스 웨이드의 문장이지 나의 문장은 아니다.

그 대목에서 책을 덮고 켈리의 말이 있었다.

"이 작품이 기가 막히다는 것은 떠나간 아내와 주인공을 만나지 않게 했다는 점이라고 봐요. 일방적으로 남편을 버린 여자가 전남편을 만나면 얼마나 쑥스럽겠어요. 이것을 쓴 사람은 그야말로 여자를 사랑할 줄 알고 존중할 줄 아는 사람일 겁니다."

그런 해석도 있을 수 있는가, 하는 심정으로 나는 켈리의 다음 말을 기다렸다.

"사람은 감옥 안에 있고 폐결핵균이 바깥에 나와 있다는 발상도 좋았구요."

하고 켈리가 물었다.

"설마 이것이 당신 자신의 스토리는 아니겠지요?"

"나는 폐결핵에 걸린 일도 없고 아내가 도망친 일도 없으니 나 자신의 스토리일 까닭은 없죠. 그러나 본질에 있어선 내 자신의 스토리입니다. 내 경험의 핵核에서 나온 얘기니까요."

"감옥생활을 한 적이 있어요?"

"있습니다."

"얼마나?"

"2년 7개월 동안. 그러나 내겐 27년과 맞먹는 시간이었소."

"무슨 이유로 감옥에 갔죠?"

"간단하게 말하면 정치범이지요. 구체적으로 말하려면 긴 얘기가 됩니다."

"길어도 좋아요. 그 얘기 들려주세요."

"로마의 밤은 짧고, 로마에서의 나의 시간은 짧습니다. 구질구질한 얘기를 늘어놓긴 시간이 아깝습니다. 그 얘기는 훗날 쓸 작정입니다. 그걸 영어로 번역해서 보내드리죠."

"불행한 과거를 가지셨군요."

켈리의 말엔 센티멘털한 영탄永歎이 섞였다.

"내가 불행한 게 아니고, 불행한 건 내 나라이죠."

어느덧 포도주가 바닥이 났다.

"한 병 더 가지고 오라고 할까요?"

내가 전화를 걸려는데

"포두주만 마시고 있기엔 로마의 밤은 짧아요."

하고 켈리가 제동을 걸었다.

"나는 모레 로마를 떠나야 합니다."

비로소 내 사정을 털어놓았다.

"돌아가시나요?"

"그렇습니다."

"나와 마크는 며칠 후 비엔나로 가게 돼 있는데 비엔나로 갈 생각은 없으세요?"

"비엔나엔 들렀어요. 나는 일정을 바꿀 수가 없습니다."

"곧바로 고국으로 가시나요?"

"인도에 들르게 돼 있습니다. 그 다음엔 인도네시아, 방콕, 홍콩, 대만, 일본의 순서로 돼 있습니다."

하고 나는 일정을 왜 변경할 수 없는가의 설명을 했다. '창살 없는 감옥'이란 표현과 '달팽이의 여행'이란 보조설명을 썼다.

다음에 있은 얘기는 생략할 수밖에 없다.

그날 밤도 짧았다.

어제처럼 새벽에 떠나는 켈리에게

"혹시 내가 미국에 가게 되면 만날 수 있겠느냐?"

고 물어보았다.

"화이 낫트."

하고 나서 켈리는 메모지에 오하이오 주 콜럼버스의 주소를 써놓곤 말했다.

"미국에 오게 되면 이곳으로 전화를 하든지 편지를 주세요. 만나는 장소는 뉴욕이 좋을 거예요. 오하이오에 구경 오는 것은 좋지만 오하이오에서 우리가 만날 생각은 말아야 해요."

나는 그 이유를 물었다.

"오하이오는 뉴욕처럼 자유스럽지가 못해요."

켈리의 말은 이처럼 분명했으나 내겐 복잡한 상념을 안겨주었다.

마크와 그 아버지 때문에?

인종차별이 심한 곳이라서?

그날은 보르게세 미술관에만 갔다. 라파엘로와 티티아노의 그림, 베르니니의 조각을 보았다.

로마 마지막의 밤도 켈리와 같이 지냈다. 그리고 그 이튿날로서 나의 로마의 휴일은 끝났다.

레오나드로 다빈치 공항에까지 마크가 동양의 군자를 전송해주었다.

어쩌다 그렇게 된 걸까요

1971년 로마 4

어쩌다 그렇게 된 걸까요

– 1971년 로마 4

10년 만에 다시 찾아든 로마이다.

바르베리니 광장 근처에 펜시온에 숙소를 정했다. 펜시온이
란 우리나라로 치면 여인숙에 해당한다.

내 기분으론 10년 전에 투숙한 적이 있는 아란치 호텔로 가
고 싶었지만 이번 여행의 경리 책임자인 최종국 군이 혹시 여
비가 모자라지나 않을까 걱정하고 있는 모양이어서 공항에서
탄 택시 운전사에게 싸구려 숙박소로 데려다달라고 부탁한 것
이다.

돈이 모자라면 내가 가진 돈이 있으니 걱정 말라고 하고 싶
었으나 최군의 마음만 무겁게 하는 결과가 될 것 같아서 그만
두었다. 천정 있고 벽 있으면 그만이 아닌가.

'나물 먹고 물 마시고 팔을 베고 누웠으니 대장부 사는 형편
이 이만하면 그만이다.'

하는 동방예의지국의 선비들인 것이다. 고색이 창연한 건물의 어두컴컴한 계단을 올라선 곳에 프런트가 있었다. 프런트 바로 옆 로비의 한구석에 텔레비전 수상기가 놓였는데 마침 권투 시합의 중계를 하고 있었다.

프런트에서의 교섭은 최종국 군에게 맡겨두고 나는 권투시합을 보았다. 파나마의 듀란과 미국 흑인 선수 레너드와의 선수권 시합이었다.

나는 멋도 모르면서 권투시합을 즐겨보는 버릇을 가지고 있다. 게다가 듀란의 팬이기도 했다. 그런데 듀란의 동작이 전처럼 민첩하지가 않았다. 15회전 막바지까지 갔다. 듀란의 판정패로 끝났다. 별로 좋은 기분일 수가 없었다.

숙소가 마음에 들지 않은 데다가 듀란이 패배하는 장면을 보고나니 신경이 헝클어지는 느낌이었다. 그러나 젊은 동행자들의 감정을 상하게 해선 안 될 일이라서 쾌활한 척 꾸미고 지정된 방으로 갔다.

목욕을 하고 싶었는데 욕조가 없고 샤워만 있었다. 팡숑이 왜 팡숑인가의 까닭을 알았다. 이번 로마의 휴일은 유쾌한 것이 못 될 것 같은 예감을 가졌다.

샤워를 하고 옷을 갈아입고 한국 식당을 찾아나섰다. 파리에서 로마에 한국 식당이 생겼다는 얘기를 듣고 그 주소를 알아왔던 것이다.

그 한국 식당의 이름은 '서울'. 주인은 상냥한 인상의 젊은 한국인이었다. 10년 전엔 없었던 식당이다. 10년 세월의 의미가 그 식당에 있는 것인지 몰랐다. 아무렴 카이사르의 고장 로마에 한국 식당이 존재하게 되었다는 것은 반가운 일이다.

수인사가 끝나자 식당 주인이 고국의 사정을 아느냐고 물었다. 안다고도 모른다고도 말할 수 없는 사정이었다. 포르투갈과 스페인을 돌아다니는 동안 외국의 신문을 통해 대강대강의 사건은 알고 있었지만 그것으로서 안다고 할 정도는 아니었기 때문이다. 그렇다고 해서 전연 모른다고도 할 수 없었다.

우편으로 보내온 것이라며 식당 주인이 한아름 고국의 신문을 갖다 놓았다. 최신의 것이 10일 전의 신문이었다. 순서를 따질 것 없이 세 사람은 잡히는 대로 신문을 읽었다.

5월 24일자 신문은 김재규를 교수형에 처했다는 기사를 싣고 있었다. 김재규와 함께 박선화, 이기주, 유성옥, 김태원의 사형도 집행되었다는 기사이다.

5월 27일자 신문은 '혼미…… 광주사태 10일째'라고 가로 컷을 크게 뽑고 세로 컷은 '상가, 은행 등 문 못 열어, 외부와 두절, 생필품난 극심'이라고 되어 있었다.

5월 28일자 신문은 '계엄군 광주 장악'이란 제하에 17명 사망, 295명 보호중이며 계엄군도 순직자 2명, 부상자 12명을 내었다고 보도하고 있었다.

6월 6일자 신문은 광주사태의 사망자가 148명이라고 발표했다.

6월 12일자엔 내년 6월까지 정권을 이양하겠다는 최 대통령의 담화가 있었다.

6월 18일의 신문엔 권력형축재 수사 발표가 있었다. 김종필 씨의 216억원을 비롯하여 9명의 명단과 축재액이 발표되었는데 총액은 853억이며 모두 국가에 자진 헌납하겠다고 하여 형사처벌은 유보하겠다는 내용이었다.

최종국 군도 유영조 군도 식욕을 잃은 모양으로 갖다놓은 음식엔 손도 대지 않고 신문만 뒤적거리고 있었다.

"로마에 앉아 걱정을 한들 소용이 있나, 밥이나 먹자."

고 내가 먼저 숟갈을 들었다.

"앞으로 나라가 어떻게 되겠습니까?"

식당 주인이 물었다.

신문을 보고도 아무 말이 없으니까 궁금했던 모양이다.

"글쎄요."

했을 뿐 나는 아무런 코멘트도 하지 않았다. 일단 입을 열기만 하면 감당 못할 울분이 터져나올 것 같아서였다.

권하는 대로 포도주만 마셔댔다.

갈증을 느껴 깨어보니 새벽 1시였다. 한 글라스 물을 켜고 다시 잠을 청했으나 잠이 오질 않았다.

10년 전 로마를 방문했을 때 생각이 났다. 아란치에서 만난 테레지아는 벌써 중년 여성이 되어 있을 것이었다. 지금도 거리의 여자 노릇을 하고 있는지. 만일 그렇다면 로트렉이 그린 추괴한 창부의 몰골이 되어 있을 것이다.

최은희 씨를 만난 일이 기억 속에 되살아났다. 그녀는 북괴에 납치되었다. 지금 어디서 어떻게 지내고 있을까!

10년이면 강산이 변한다는 속담이 강렬한 실감으로 내 가슴에 와닿았다. 10년 전의 4월, 나는 3선개헌을 감행한 박 대통령과 김대중 씨 사이에 치열한 선거전이 벌어지고 있을 때 로마에 있었다.

그 선거에 박정희 씨가 90만 표의 표차로 당선되었다. 그리고 그 이듬해 이른바 유신체제를 위한 쿠데타가 있었다. 악몽 같은 시대의 시작이었다.

끊임없이 학생데모가 있었다. 반체제 운동이 있었다. 가차없는 탄압이 있었다. 형무소는 반체제 인사들로 만원이 되었다. 이러한 사태가 거듭되어 이윽고 부마사태釜馬事態가 발생하고, 그 사태의 연장선상에서 박정희 대통령은 충실한 부하라고 믿고 중앙정보부장이란 대임을 맡긴 김재규에 의해 살해되었다. 결국 술수를 다해 그는 자기의 묘혈을 판 꼴이 되었다. 그리고 지금 그 사건의 후유증으로 정국은 혼미하고 광주사태같은 참담한 비극이 터지고 말았다.

그것을 나는 로마에서 바라보고 있었다.

왜 나는 로마에 와 있는 것인가. 아니 왜 유럽에 온 것인가를 생각해보지 않을 수 없다. 새로 출발하려는 나라를 위해 선진된 민주국가에서 무엇인가를 배워 국민들에게 전할 목적으로 텔레비전 방송국의 PD와 카메라맨을 대동하고 유럽을 돌아다니고 있는 것이다.

허망감이 엄습했다.

전국엔 데모가 휩쓸고 있고, 광주사태 같은 극한상황이 벌어지고 있는데 한가롭게 세계를 돌아다니며 보고 듣고 한 얘기들이 무슨 소용이겠는가 말이다. 민주주의에 앞서 나라의 사활死活이 문제가 되어 있는 것이 아닌가.

　유신체제는 국민의 자유를 극단적으로 금압했다. 그 금압된 자유에의 동경이 일시에 터져나왔다. 4천만 국민이 4천만 가지의 요구를 하고 나섰다. 이를테면 중구난방이다. 그 중구난방을 어떤 수단과 방법으로 조절할 수 있을까. 휴전선 저쪽에선 호시탐탐 이쪽의 허虛를 노리고 있는 판국이 아닌가.

　유신체제, 즉 독재체제로부터 민주체제로 옮긴다는 것은 도대체가 불가능한 일이 아닌가. 뭔가 과도기적인 체제가 필요한 것이 아닌가. 조건이 성숙되지 않은 토양에 당장 민주주의를 심으려고 해보았자 될 수 있는 일이 아니질 않겠는가. 과도한 민주주의에의 요구가 비민주주의를 초래한 사례가 있지 않는가. 5·16 쿠데타가 바로 그 사례 아니었던가.

　민주주의는 성장하는 것이지 꾸며지는 것이 아니다. 나라의 성원成員 대다수가 민주적 인격과 민주적 능력을 갖추었을 때 비로소 민주주의는 가능하다. 그렇다면 나라의 성원 대다수를 어떻게 민주적 인격자, 민주적 능력자로 가꿀 수 있을 것인가. 부득이 제도적인 장치가 필요한 것인데 그 제도적인 장치를 마련하기 위해서도 민주도民主度를 높여야 한다고 하면 이건 순환론에 빠진다. 결국 어떤 결정적인 힘의 작용을 기대할 밖에 없다.

만일 휴전선 같은 것이 없는, 즉 분단된 나라가 아니라면 철저하게 방임해 버리는 방법을 쓸 수도 있을지 모른다. 혼란이 어느 극에 달하면 그 자체에서 질서에의 요청이 생겨난다. 사회라는 것은 자정작용自淨作用과 자율작용自律作用을 가지게 되어 있는 것이니까. 박이 터지고 팔이 부러지고, 더러는 죽고 하는 소용돌이가 언제까지나 계속될 순 없는 것이니까.

그러나 우리나라는 그러한 자정작용과 자율작용을 기다리고 있을 형편에 있지 않다. 그러기 전에 파멸될 위험이 있기 때문이다.……

이런 생각은 사람을 피로하게 한다.

10년 전 이곳에서 만난 켈리와 나 사이에 있었던 일들을 회상해보기로 했다.

1971년 9월, 내가 귀국한 지 4개월 후였다. 켈리로부터 두툼한 편지와 소포가 왔다. 소포엔 로버트 펜 워런의 저서 세 권이 들어 있었다. 편지엔 다음과 같은 골자의 사연이 있었다.

당신의 미국 문학에 대한 이해는 나에게 감동을 주었다. 그러나 로버트 펜 워런에 관한 언급이 없었던 것이 섭섭했다. 로버트를 알면서 관심이 없었던 것인지 로버트란 작가의 존재를 몰랐기 때문인지 하여간 그에 대한 언급이 없었던 것이 안타까워 그가 쓴 소설 세 편을 보낸다.

로버트 펜 워런은 1905년 켄터키의 가스리에서 탄생했다.

그는 1930년, 25세의 젊은 나이로 멘피스의 사우드웨스턴 대학의 교단에 선 이래, 1956년 예일 대학을 퇴직할 때까지 26년 동안 미국의 각 대학에서 문학을 강의한 사람이다. 어느 평론가는 그를 미국 문학계에 있어서의 '5종 경기의 챔피언'이라고 평했다. 그는 일류의 영문학자이며 시인, 지도적인 평론가, 소설가, 역사학자이다.

그는 가장 중요한 작가이며 미국의 현대문학을 논하는 데 있어서 빼놓을 수 없는 중진이다. 우선 그의 장편소설《밤의 기수騎手》(1939),《천국의 문턱에서》(1943),《모든 사람은 왕의 신하》(1945) 세 권을 보낸다. 읽어보고 흥미를 느꼈으면 알려달라. 그에겐 장편소설 9권, 중단편집 2권, 전기 1권, 문예평론과 역사평론을 합쳐 5권, 시집 5권이 있으니 그걸 전부 보내주겠다.

독후감을 보내주면 고맙겠다.

당신의 〈예낭 풍물지〉를 몇몇 친구들에게 보였더니 모두들 좋은 평을 하며 한국에도 이런 좋은 작가가 있느냐고 놀라기도 했다. 가능하다면 당신의 다른 작품을 읽고 싶다. 우선 당신이 무슨 까닭으로 감옥생활을 했는지 그것부터 알고 싶다. 그 사실을 알려주겠다고 약속하지 않았느냐, 약속을 지키는 것이 사람의 예의이다.

이와 같은 편지를 읽고는 그냥 넘길 수가 없었다. 서툰 영어 실력으로 내가 투옥된 사정을 쓰기 시작했다. 이때처럼 내가 영어 공부를 게을리한 것을 후회한 적이 없다.

석 달을 걸려 타이프 용지 백 장 정도의 분량을 써서 켈리에게 보냈다. 그 골자는 다음에 적어 본다.

1961년 5월 16일 박정희(지금의 대통령)를 주동으로 한 일부 군인이 쿠데타를 일으켰다. 그들은 반공을 국시國是로 내걸고 거사한 것인데 나는 그들의 쿠데타를 반대했다.

나는 당시 〈국제신보〉라는 신문의 주필이며 편집국장이었다. 쿠데타가 발생했다는 소식을 듣자마자 짤막한 사설을 썼다. 불행한 사태라는 내용이었지만 내가 생각하는 대로의 전부를 쓰진 못했다. 그렇게 할 수 있는 상황이 아니었기 때문이다. 불행한 사태이긴 하나 일어난 것은 어쩔 수 없으니 빨리 헌정憲政을 회복하는 것이 바람직하다는 다소 영합적인 내용으로 될 수밖에 없었다. 이것이 그들의 비위를 거슬렸던 모양이다. 그들은 나를 투옥할 작정을 했다.

내가 체포된 것은 5월 10일이다. 일단 체포해 놓고 죄목을 찾을 참이었다. 그 당시 그런 식으로 체포된 사람이 약 4천 명이다.

군부의 지시를 받은 경찰은 지난 5년 동안 내가 쓴 논설을 심사하기 시작했다. 어떻게 하건 나를 용공분자로 몰 작정이었던 것이다. 현행법으로선 체포할 수도 재판할 수도 없었기 때문에 그들은 3년 전까지 거슬러올라 처벌할 수 있는 소급법을 만들었다. 그 법률의 이름은 '특정범죄 처벌에 관한 특별법'이다. 그 법률의 제6조에 다음과 같은 규정이 있다.

'정당 사회단체의 간부로서 북괴를 찬양 지지한 사람은 10년 이상의 징역 또는 사형에 처한다.'

정당 사회단체의 간부가 아닌 나는 이 법률에 걸릴 까닭이 없었다. 그런데도 나를 교원노조의 고문이라고 날조하여 얽어매었다. 그리고 범죄 사실로선 2천 편 가까이 쓴 내 논설 가운데 두 편을 골라냈다. 논설의 하나는 '조국의 부재'라는 제목의 것이었고, 다른 하나는 '통일에 민족의 역량을 집결하자'는 제목의 것이었다. '조국의 부재'는 부정, 부패가 만성화되어 있고 올바른 정치가 시행되지 않는 나라는 나라라고 할 수 없으니 전체 국민이 애착할 수 있는 조국을 만들어야 한다는 내용의 논문이다. 이것을 혁명검찰부와 혁명재판소는 '조국을 없다고 했으니 불온사상의 소지자'라고 유죄판결을 내렸다. 또 하나의 논설은 '진정한 통일에의 의욕이 있으면 어째서 한국의 지도자가 김일성을 만나 의논할 수 없느냐'는 요지를 내용으로 한 것인데 혁명검찰부와 혁명재판소는 '한국의 지도자를 북괴의 괴수 김일성과 동일시했으니 용공사상'이라고 하여 유죄판결을 내렸다. 검사의 구형은 15년이었고 판사의 판결은 10년 징역이었다. 논설 한편에 각각 5년 징역을 받은 셈이었다.

재판을 진행하는 과정에서 내가 교원노조의 고문이 아니었다는 사실이 밝혀졌다. 그러면 '정당 사회단체의 간부로서'란 조항에 해당되지 않으므로 당연히 공소 취하가 되어야 하는데 엉뚱하게도 공소장을 다음과 같이 바꿨다.

'사회당 무임소위원 B모의 공동정범共同正犯으로서…….'

공동정범이란 같은 목적 같은 수단으로 같이 모의하여 범행을 했을 경우 붙여지는 명칭이다. B모는 내가 주필로서 관장하고 있었던 논설위원실에 소속하고 있는 사람일 뿐이다. 나는 내가 쓴 논설로써 재판을 받고 있고, 그는 그가 한 정치활동에 의해 재판을 받고 있어, 설혹 우리들이 한 짓이 범행이었다고 해도 각각 다른 범행이니 공동정범이 성립될 수 없는 것이다.

요컨대 소급법이란 것 자체가 억지이고, 범죄 사실을 확인하지도 않고 체포한 것이 불법이며 공소의 내용이나 재판과정 자체가 엉터리였다.

그런데도 그러한 법률, 그러한 재판에 걸려 십수 명이 사형을 당했으니 실로 언어도단이다. 5·16혁명이란 것이 시작부터 이러한 몰도의, 비합리적인 짓을 예사로 감행할 수 있었으니 그 쿠데타의 주모자들의 질質을 알 수 있지 않겠는가.

이와 같은 골자로 사건의 윤곽을 적고 '보다 구체적인 것은 지금 계획하고 있는 《그해 오월五月》이란 작품 속에 소상하게 기록할 것이니 그때를 기다려주면 좋겠다.'
고 썼다.

동시에 로버트 펜 워런의 소설을 읽은 독후감을 써 보냈다. 켈리로부터 즉각 답장이 왔다.

우리 아버지는 한국을 수호하기 위해 목숨을 바쳤습니다. 구체적으로 말하면 한국의 자유를 위해 희생한 것입니다. 그러한 나라에 그런 비자유, 비합리가 있다고 생각하니 통탄하는 마음 금할 수가 없습니다. 그런 고초를 겪고도 당신은 활달했습니다. 말씀의 마디마디에 나라를 사랑하는 진정이 엿보였습니다. 새삼스럽게 더욱 존경하는 마음을 가지게 되었습니다.……

로버트 펜 워런에 대한 독후감은 감동적이었습니다. 역시 깊은 사람이라야만 깊게 읽을 줄 안다는 사실을 깨달았습니다. 태평양의 물이 그처럼 무진장이라도 뜰 수 있는 그릇대로밖엔 뜰 수 없는 것이 아니겠습니까. 로버트 펜 워런은 제겐 대단히 소중한 작가입니다. 그에게 대한 공감을 나눠 가질 수 있으니 한량없이 기쁩니다.……

언제쯤 미국에 오시게 되겠습니까. 미국에 오시기만 하면 최선의 환영을 하겠습니다. 같이 여행도 할 수 있겠지요. 되도록 빨리 오셨으면 합니다. 워런의 저작집을 보낼까 했습니다만 미국에 오시는 기회에 드리기로 하고 보류하겠습니다.

미국에 가고 싶은 마음은 간절했지만 그로부터 나는 2년을 더 기다려야만 했다. 내가 처음으로 미국에 간 것은 1971년 2월이었으니 2년 4개월 만에 다시 그곳으로 가게 된 셈이다.

첫 번째 갔을 땐 미국에서 나를 기다리는 사람이 없었다. 두 번째는 나를 기다리는 사람이 있었다. 반겨줄 사람이 있었다.

비행기의 도착 시간을 미리 확인하지 못했기 때문에 통지할 수가 없어 뉴욕의 코모도어 호텔에 자리를 잡고 나서 켈리에게 연락을 취했다. 켈리는 반색을 하며 내일 뉴욕으로 오겠다고 했다.

켈리와의 재회再會를 쓰기에 앞서 로스앤젤레스에서 느낀 바가 있었기 때문에 그걸 먼저 적는다. 뉴욕에 오자마자 켈리가 그것을 읽고 너무나 기뻐한 탓도 있다.

나름대로나마 일본을 소화하지 않고는 제대로 미국을 여행할 수 없을 것 같은 강박관념을 가졌다.

약 2주일 일본에 체류하는 동안 보고 느낀 감상의 부피가 감당할 수 없을 정도로 벅찬 데다가 태평양을 건너는 비행기 속에서의 느낌이 또한 복잡했던 것이다.

JAL이 아니고 PANAM을 탔는데도 여객의 반수 이상이 일본인이었다. 샌프란시스코의 공항의 로비에 웅성거리는 것도 대부분이 일본인, 항구의 전경을 바라볼 수 있는 조망대를 차지한 사람들도 거의 일본인 관광객이었다.

그들은 저마다 카메라를 들고 설친다. 나는 백에서 카메라를 꺼낼 수가 없었다. 일본인으로 오인당하기 싫은 콤플렉스 때문이었다고나 할까. 하여간 나는 태평양을 향한 아름다운 항구를 모처럼 찾아갔는데도 한 장의 사진도 찍질 못했다.

로스앤젤레스에서도 사정은 마찬가지였다. 나는 로스앤젤레스의 힐튼 호텔의 로비 한구석에 앉아 신문을 읽고 있다가 문득 힐튼 호텔의 사례만으로도 일본이 미국을 점령하고 있다는 느낌을 가졌다.

로비를 메운 일본 사람들은 큰소리로 일본말을 지껄이며 우왕좌왕하는데 도리어 백인들은 남의 나라에 온 것처럼 수줍은 표정으로 묵묵했다. 미국에서 일본인들은 미국인 앞에선 일본말을 공공연하게 사용하지 않는다고 들었는데 언제부터 일이 이렇게 되어버린 것일까. 키가 크고 위풍이 당당한, 대학 총장이나 은행의 총재 같은 풍채의 백인 벨맨이 키가 작고 누런 빛깔의 일본인 앞에 굽실거리고 있는 것도 하나의 풍경이었다.

식당에서 남녀를 섞은 일본 청년 4, 5명이 마제형馬蹄型으로 된 식탁 이곳저곳을 차지하고 앉아서 일본말로 한창 애기꽃을 피우고 있었다. 물론 그 식탁엔 백인들도 있었다.

A : 미국인이 일본인을 깔본다든지, 그런 일은 전연 없는 것 같지?

B : 되레 우리를 존경하는 것 같은 그런 눈치던데?

A : 친절하고 싹싹하고…….

B : 아무리 저희들이라도 일본의 발전을 무시할 순 없는 모양이지.

C : 미국엔 역사가 없거든. 거기에 비하면 우리 일본의 역사는 대단하지 않은가.

D : 미국인들이 요즘에 와선 우리 동정을 구하는 형편인데 뭐……

이런 대화를 뒤로 하고 바깥으로 나와 신문을 사들었는데 다음과 같은 기사가 눈에 띄었다.

> '일본의 재벌 스미도코住友가 예일 대학에 2백만 불을 기
> 부하고, 또 이 대학에 부설된 일본협회를 위해 1백만 불을 기
> 부했다. 예일 대학은 이 돈을 일본 연구, 미·일간의 관계 개
> 선, 일본 학생들의 편의를 위해서 쓸 것이라고 말했다. 작년
> 에 미쓰비시三菱가 하버드 대학에 1백만 불을 기부했다.
>
> 《로스앤젤레스 타임스》 6. 22

다음은 밀워키 저널에 나타난 소화笑話이다.

> 위스콘신 주 큐다이에 사는 어떤 가족이 캠프 여행을 하려
> 고 물건을 챙기고 있었다. 그래 전기 토스터를 꺼내 놓았더니
> 열 살 난 아들이 집어들고 이모저모를 보고 난 뒤 말했다. '이
> 것 형편없는 고물이구먼. 메이드 인 유에스에이라고 씌어 있
> 잖아?'

미국제라면 모두가 신식이고 상질上質이라고 여기고 있는 우
리 관념으로는 깜짝 놀랄 만한 사실이다. 전기용품을 비롯해서
카메라, 자동차 할 것 없이 기계류는 모두 일본제라야만 신식
이고 편리한 줄 알고 있는 미국의 풍조를 반영한 소화인 것이다.

일본은 어떤 의미로든 언제나 우리에게 있어서 문제의 나라
이다. 그런데 미국에 대해서도 가장 큰 문제의 나라도 등장하

고 있는 모양이다. 일본과 미국의 관계가 앞으로 어떻게 될 것인가 하는 문제는 우리의 이해를 넘는 관점으로서도 흥미의 대상이 된다. 그런 뜻에서도 나는 지금 미국이란 나라에 앉아 미국과 일본의 상관관계를 경제의 측면에서나마 내 나름대로 더듬어보고 싶은 것이다.

전쟁 전은 고사하고 최근 28년 동안의 역정만을 간추려 본다. 전쟁을 하는 동안 피차에 격렬한 증오가 있었다. 승리를 위해 미국이 원자탄을 사용했을 만큼 증오는 가혹했다. 그런데 점령시대에는 역사상 그 유례를 찾아볼 수 없을 만큼 미국은 일본에 대해서 관대했다. 뒤이은 냉전시대에 미국과 일본은 드디어 우의와 상호의존의 단계로 발전하여 오늘날 미국과 일본은 가장 밀접한 동맹국의 관계를 유지하고 있다. 그런데 오늘날 다시 미묘한 변화가 있을 것 같은 징조를 보이기 시작했다.

작년(1972년) 미국은 대외 무역에 있어서 63억 달러의 적자를 내었다. 그 주된 원인은 대일對日 거래에 있어서의 불균형에 있었다.

"미국은 아시아에 있어서의 주요한 동맹국과의 대결에 있어서 붉은 잉크의 파도赤字에 휘말려 있다,"

미국의 재정 전문가는 이렇게 비명을 올렸다.

미국은 달러의 평가를 절하하지 않을 수 없게 되었고 국제통화로서의 위기는 지금도 미국의 달러에 중대한 위협을 주고 있다. 현재 미국 신문의 경제난은 거의 매일처럼 달러의 위기를 전하고 있는데 그럴 때마다 그 원인분석에 일본이란 고유

명사가 등장하곤 한다. MIT의 샘엘슨 교수는

"노동조합, 사업가의 서클에서 일본은 다시 JAP(일본인에 대한 멸칭)로서 등장하기 시작했다."

고 말한다.

어느덧 일본은 감당하기 힘든 적수敵手로서 미국 사회에 클로즈업 되었다.

1946년 일본인은 1년에 평균 19달러 남짓한 수입으로 살림을 지탱해야만 했다. 그러니 경제 재건을 위해서 막대한 미국의 차관을 필요로 했다. 그런데 일본은 그 막대한 차관을 예정된 기간보다도 22년을 앞당겨 전부 갚아버렸다. 동시에 일본인의 연간 평균 소득이 4,500달러를 상회하기에 이르렀다.

선박, 라디오, 카메라, 텔레비전의 생산은 세계 1위이고, 컴퓨터, 자동차, 강철의 생산은 미국에 이어 세계 2위, 그 총생산액은 중국, 인도, 동남아 전역을 합친 것보다 많다. 금세기 말엔 미국을 능가할 것이란 추측이 나돌고 있다.

아닌 게 아니라 이런 추측은 확실한 근거를 가지고 있다. 이를테면 미국에 나돌고 있는 신차新車 20대 가운데 18대는 일본제이고, 가전제품도 이와 같은 비율로 미국 시장을 휩쓸고 있다.

이런 현상은 미국에서 뿐만이 아니다. 스위스를 예로 들자면 1966년엔 175대의 토요다 자동차를 사들였는데 1972년엔 2만 6천 6백 80대의 일제 차를 수입했다. 이에 비해 같은 해 스위스가 사들인 서독제 자동차는 1만 5천 8백 71대이다. 공업이 월등하게 발달하고 있는 서독에서 휴대용 라디오의 99퍼

센트를 일본으로부터 수입하고 있다니 놀랄 만한 일이 아닌가.

《포춘》이란 미국의 경제잡지는 일본의 이러한 눈부신 발전과 성공의 이유를 일본 노동자의 공으로 돌리고, 1951년 창설된 JETRO(일본무역공사)의 활약도 곁들여 말하고 있다. 일본인 자신들도 이 점을 강조한다. 일본의 전기제품 재벌 '소니'의 사장 요시이는 이런 말을 했다.

"미국의 사업가는 게으른 거북과 같다. 조금만 위협을 받으면 대가리를 갑옷 속에 움츠려 넣고 정부의 보호를 청한다."

작년 섬유 회담을 위해 미국으로 온 어떤 일본 사업가는 사석에서

"오늘날 우리가 잘 살게 되었다고 질투하지 말라. 우리는 전쟁이 끝난 뒤 그 어려운 시기에 입을 것 안 입고, 먹을 것 안 먹고, 밤잠 안 자고 일한 덕분에 겨우 오늘과 같은 정도를 이루어 놓았다. 그런데 당신들은 할 짓 다하고, 호사스러운 생활을 해왔지 않은가. 그래 놓고 지금 와서 우리더러 양보하라고 하니, 그게 될 말이기나 한가."

하고 기고만장했다는 것이다.

하나 미국이 그냥 밀리고만 있을 것 같지 않다. 무역과 통화, 기타에 걸쳐 미국은 은근한 압력을 일본에 가하고 있는 모양이며, 외국상품에 대해 폐쇄적인 일본 시장에의 불평이 차츰 표면화하고 있다. 그 불평 가운데의 한두 가지를 들어본다.

일본 정부는 수입통제를 크게 완화했으나 장벽은 여전히 있다. 가령 켄터키 치킨을 미국이 일본에 팔려고 하면 통산성의

수입 허가는 수월한데 후생성에서 다음과 같은 훈령을 내린다.

"외국산 닭엔 피부병이 있다. 비싸더라도 일본산 닭을 먹는 게 위생에 좋다."

가뜩이나 결벽증이 있는 일본인이 피부병이 있다는 미국산 닭을 먹을 까닭이 없다. 모처럼 얻어낸 통산성의 허가는 휴지나 다를 바 없이 된다.

초콜릿을 팔려고 하면 일본어로 된 성분표를 반드시 붙이라고 하고 그것도 내용을 검사하기 위해서라는 이유로 수입항에서 해야 한다는 지시가 내린다. 말하자면 전부를 일본에서 일본어로 병기한 것으로 재포장해야 된다는 얘기이다. 자연 비용이 가산되어 가격이 비싸진다. 뿐만 아니라 일본에 상품을 팔려면 2백만 업소를 헤아리는 소매상과 31만 명이나 되는 도매상으로 엮어 흡사 비밀결사와도 같은 조직망을 뚫어야 하는데 이 일이 용이하지 않다.

일본의 발전과 번영을 미국 땅에 앉아 더욱 강조적으로 느낀다는 것은 야릇한 기분이다.

시카고 박물관에서는 거의 4분의 1 이상의 스페이스를 들여 일본의 그림을 전시하고 있다는 것이고, 뉴욕엔 2백여 개의 일본 요리점이 있는데 연일 대만원의 성황이라고 했다. 오는 가을엔 뉴욕의 한복판에 '키타노 호텔'이란 딜럭스한 호텔이 일본의 자본으로 개관하리라고 한다. 그 호텔은 격증하는 일본인 손님을 소화하기 위해 만들어진다는 것인데 대부분이 양식이지만 일부 다다미 방을 준비할 계획이라고 한다. 일본은 상품과 더불어 그들의 생활방식까지도 해외에 수출할 작정인가 보다.

그러나 왠지 위태위태한 느낌을 금할 수 없다. 일찍이 미국의 재무장관 헨리 파울러는 다음과 같은 경고를 했다.

"일본은 지금 금세기 후반에 있어서 그들의 진로를 결정해야 할 위기에 있다. 무역거래에 있어서 상호간의 난점을 해결하기 위해서 각별한 관심이 있어야 할 것이다."

이에 따른 반성은 일본측에도 있다.

"지금 미·일 관계는 한 보트에 두 마리의 코끼리가 탄 형편이라고 표현할 수 있다. 미국은 큰 코끼리이고 일본은 작은 코끼리다. 작기는 하지만 사나운 것이어서 고삐를 잘 잡고 있지 않으면 보트를 뒤집어엎을 위험을 지니고 있다. 우리 일본인은 동승자에 대한 충분한 배려를 해야 할 것이다."

후지 은행의 이와사란 총재가 한 말이다.

미국은 경고를 하고 일본은 반성을 할 만큼 일본의 경제는 커졌다. 28년 전 미·일전쟁의 원인을 요약해서 경제전쟁, 무역전쟁이었다고 할 수 있을 때 1970년대 국면에서의 판정으론 그 전쟁에 승리한 것은 일본이란 결론이 나온다. 미국의 여론이 아직 거기까진 이르고 있지 않은 모양이지만 경제의 힘, 자본의 힘은 한두 사람, 또는 한두 클럽의 양식으로 제어되는 것이 아닌 만큼 언제 미국이 28년 전을 거슬러올라 그 전쟁이 오늘의 의미로써 패배한 것이란 인식에 부딪힐지 모른다. 카타스토로프破局는 맑게 개인 하늘의 날벼락처럼 닥칠지 모른다.

한편 이런 걱정은 기우일 것이란 생각도 든다. 일본인의 교묘한 상술은 알게 모르게 미국의 심장부에 파고들어가 미국을 경제적인 공동空洞으로 만들어 꼼짝달싹 못하게 해버릴지도 모른다. 80년대를 기다려볼 일이다.

그건 그렇고 미국을 위협하고 있는 일본의 강대한 경제력을 생각해 본다. 관찰자나 그들 자신이나 한결같이 일본인이 부지런해서 그렇게 되었다고 말한다. 물론 가장 큰 이유는 일본인의 근면성에 돌려야 할 것이다.

그런데 우리나라의 국민들은 근면하지 않을까. 나는 우리나라 국민의 부지런함을 세계에서 제일이라고 생각하는 사람이다. 전전의 경우에서 느낀 일이지만 일본의 공장에서, 공사장에서 어떤 위험한 일이라도 사양하지 않고 가장 부지런하게 일 한 노동자는 우리 동포였다.

그렇다면 일본이 번영할 수 있는 이유는 딴 곳에서 찾아야만 정확에 가까운 답안이 나오지 않을까.

만일 한국전쟁을 비등점으로 한 동서냉전의 열전화가 없었더라면 과연 오늘의 일본은 어떻게 되어 있을까.

한반도에서 흘린 그 무수한 피, 베트남에서 흘린 그 대하大河를 이룰 만한 피가 그 시체의 부취腐臭와 더불어 일본의 번영이란 대륜大輪의 꽃을 피우게 한 거름이 아니었던가.

이 모두 잠꼬대 같은 얘기를 되씹으면서 나는 힐튼 호텔 안에 있는 대원각이란 식당에서 술에 취하고 말았다.

그런데 거기서 또 우울한 얘기를 들었다. 3년 동안 한국 음식점을 열어 놓고 이제 겨우 선전이 되어 기틀이 잡힐 듯 한데 운영자금의 부족으로 일본인에게 그 대원각을 팔아 넘기게 되었다는 것이다. 내 고향 출신의 작곡가 이재호李在鎬 씨의 미망인 김정선 여사는 3년 동안 손수 다듬어온 업체의 내부를 젖은 눈으로 둘러보며 쓸쓸하게 웃었다.

이 어줍잖은 글을 서툰 영어로 번역하여 읽어 주었을 때의 켈리의 감동하는 표정이 눈에 선하다. 켈리가 말했다.

"그런 것까지 놓치지 않는군요."

"가장 중요한 문제의 하나니까요."

"미국인을 경각시키기 위해서 이 에세이를 미국의 신문이나 잡지에 게재하는 것이 좋겠어요."

"관심 있는 사람은 벌써 인식하고 있을 것이고 관심이 없는 사람에겐 아무런 소용도 없는 글일 텐데요."

"정말 나는 몰랐어요. 일본 상품이 범람하고 있는데도 별반 관심을 갖지 않았습니다."

"부르주아란 원래 그런 것이 아닙니까?"

"아닙니다. 주의력이 모자란 탓입니다. 문학인이 그런데까지 관심을 가져야 한다면 대단한 일인데요?"

하고 켈리는 일본과 한국과의 관계를 꼬치꼬치 묻기 시작했다.

이것저것 두서없는 대답을 하자 켈리는

"당신의 일본에 대한 감정은 어때요?"

하고 물었다.

"일본은 우리에게 있어서 딜레마입니다. 과거를 따지지 않을 수도 없고 그렇다고 해서 심하게 따질 수는 없는 딜레마. 친밀하게 지내야 하기도 하고 되도록 경원하고 싶기도 한 딜레마, 존경해야겠다는 감정과 증오하고 싶은 마음의 딜레마……."

"일본인 가운데 친한 사람이 없나요?"

"왜 없겠습니까. 그러나 일본인이니까 친하게 지내는 그런 사정이 아니요. 친할 수 있는 인간이니까 친하게 된 겁니다."

"그 가운데 여자도 있나요?"

"있지요."

"일본 여자는 상냥하고 친절하고 매력적이라면서요?"

"그런 여자도 있겠지요."

켈리는 내 담배갑에서 담배를 한 개비 꺼내물었다. 내가 불을 붙여주었다.

"2차대전 때 미국은 전투에서 이기고 전쟁에선 졌다는 얘기는 충격적이었어요."

하고 켈리가 화제를 바꾸었다.

나는 일본이 전쟁에 이겼다는 것을 증명하기 위해 갖가지 예를 들어보였다. 그리곤

"2차대전을 미국과 일본과의 전쟁에 국한하면 무역전쟁이었소. 미국의 대일수출이 일본의 대미수출보다 열세에 있다면 결코 미국이 졌다는 얘기가 될 밖에 없지 않느냐."

고 결론을 내렸다.

"그렇군요. 그런데 어쩌다 그렇게 된 걸까요?"

"일본의 술수에 말려든 거지요."

"미국의 점령정책은 일본을 미국의 우방으로 만드는 데 중점을 두고 있었습니다. 일본인은 미국인의 말이라면 콩을 팥이라고 해도 그냥 승복했으니까요. 그런데 따지고 보면 승복하는 것이 아니고 승복하는 척했을 뿐입니다. 미국은 일본인을 어리석고 유순한 민족이라고 본 겁니다. 맥아더는 일본인의 정신연령을 열두 살밖에 안 된다고 했습니다. 일본인은 그 말을 그대로 받아들였지요. 그렇습니다. 각하 우리는 열두 살밖에 안 됩니다, 하구요. 맥아더는 일본인을 열두 살짜리로 보고 그들을 귀엽게 보호해준 겁니다. 그 호의에 편승해서 일본인은 자기들이 챙길 것을 죄다 챙겨버린 겁니다. 일본인의 속셈은, 뭐라구? 우리가 열두 살짜리라구, 네놈들이 열두 살 철부지들이다, 했을 겁니다. 어째서 일본인이 열두 살짜립니까. 문화의 두께를 보아도 일본이 미국보다 더 두텁습니다. 일본의 성인인구 가운덴 정신병자를 제외하곤 문맹자가 없습니다. 일본의 독서열은 프랑스와 맞먹을 정도로 왕성합니다. 일본은 전쟁 전에 벌써 자동차는 물론이고 비행기, 탱크, 군함을 만들 수 있었습니다. 물자가 부족했다 뿐이지 공업기술에 있어서 결코 미국에 뒤지지 않았습니다. 그걸 모르고 미국은 열두 살짜리로 취급하고 일본의 기능공들을 디트로이트로 데리고 와서 자동차 만드는 노하우를 비롯하여 온갖 기술을 다 가르쳐 주었습니다. 자기들이 가진 고유의 기술에다 미국의 최신식 노하우까지 습득해 놓았으니 일본의 제품이 미국의 제품을 앞지를 수밖에 요……"

"그렇다면 미국이 나쁘다고 할 순 없는 것 아녜요?"

"그렇지요. 술수에 말려들었을 뿐이지요."

"도덕적으로 미국이 나쁘지 않다면 됐어요. 일본이 번영한 다고 해서 미국이 망할 까닭은 없을 테니까요."

이런저런 얘기 끝에 켈리는

"뉴욕에 일본 식당이 2백여 개나 있다면서요? 우리 일본 식 당에 가볼까요?"

했다.

호텔에서 가까운 곳에 '베니바나 회관紅花會館'이란 일본 식 당이 있었다. 감질날 만큼 깨끗하게 꾸며놓은 식당이었다. 그 곳에서 고기와 야채를 섞어 구운 철판구이와 일본 술을 마셨 다.

"깨끗하고 맛도 있구, 이런 식당이면 성공하겠어요."

하고 켈리는 감탄했다.

켈리의 덕택으로 뉴욕의 일주일은 화려한 휴일이 되었다. 그러나 켈리로선 유색인종과 교제가 적잖게 마음의 부담이 되 는 것처럼 보였다.

같은 호텔에 방을 달리하고 있으면 될 법도 한데 그녀는 루 스벨트 호텔에 방을 정하고 하루는 내가 그녀를 찾아가고 하 루는 그녀가 나를 찾아오는 관례를 만들었다. 같이 호텔에 출 입하지 않는 등 신경을 쓰기도 했다.

어느 날 밤 켈리는 이런 말을 했다.

"불쾌하게 생각하지 말아요. 뉴욕은 비교적 자유스럽지만 결국 미국의 도시예요. 나는 유색인을 차별하는 의식은 손톱만큼도 가지고 있지 않아요. 그러나 유색인을 차별하는 나라에 살고 있다는 의식마저 버릴 순 없어요. 그래서 조심하는 거니까 달리 생각하진 마세요."

나는 켈리의 심정을 이해할 수 있었다. 그래서

"차별의식은 어느 나라에나 있다."

고 하고 도별道別로 차별의식이 있는 우리나라의 실정을 설명하기도 했다.

나의 다음 목적지가 아르헨티나라고 하자 켈리는, 잠시 오하이오엘 다녀왔다가 동행하겠다고 했다.

"오랫동안 집을 비워도 좋으냐?"

고 물었다.

마크는 대학의 기숙사에 있고 자기는 이혼한 몸이라서 집 걱정은 없다는 것이었다.

"미국에선 어떤 경우에 이혼을 하느냐?"

고 물어보았다.

"마음이 맞지 않으면 이혼하죠."

켈리의 대답은 간단명료했다.

재혼할 생각은 없느냐고 물었더니 그 대답 역시 간단했다.

"생각중입니다."

로마의 밤은 깊어만 갔다.

켈리에 대한 향수를 닮은 감정이 외로움으로 나의 가슴을 채웠다.

"당신 없는 로마는 로마가 아니었다."

라고 켈리에게 편지를 쓰고 싶은 충동이 일었지만 침대를 떠나기가 싫었다.

소설가 이병주, 혹은 1971년 로마의 휴일

송희복 진주교대 교수

1

소설가 이병주는 소설 창작에서도 다작으로 잘 알려져 있지만 산문적 글쓰기에서도 왕성한 필력을 뽐내었던 사람이었다. 일세를 풍미했던 다작의 문필가요, 소설과 비소설의 문지방을 넘나든 다상량의 사색가였던 것이다. 이번에 서책의 형태로 간행된 《잃어버린 시간을 위한 문학 기행》은 형식적으로나 내용 면에서 좀 특이한 글이라고 할 수 있다. 이것은 소설적 형식의 기행문으로 쓰였다. 그러나 이것이 비록 소설적 형식의 글이라고 해도, 또 기행문이라기보다는 자전적인 삶의 기록을 염두에 둔, 어디까지나 논픽션의 산문적 글쓰기이다. 다소 부정적인 관점에서 말할 때 이것은 소설이 아니라 잡문의 일종이다. 잡문에 지나칠 정도로 결백증을 갖고 있던 황순원 같은 작가도 있지만, 작가 중에서 잡문이라고 하면 이병주를 따를 자 아무도 없었다. 그의 잡식성 글쓰기는 경지에 도달한 감을 주고 있다. 어쨌든 잡문을 굳이 문학의 장르 속으로 끌어들인 다고 생각할 때 수필의 영역에 끌어들일 수밖에 없을 것이다. 물론 수필이라고 하면 단형의 에세이 유로 생각하는 사람들에 겐 또 적합하지 않는 면이 있다.

2

본고의 대상이 된 이병주의 글《잃어버린 시간을 위한 문학 기행》은 네 편의 연작으로 된 기행문(학)이다. 그는 두 차례에 걸쳐 이탈리아의 수도 로마에 다녀왔다. 그리고 1980년대 어 느 시점에 이 글을 지상에 발표한 듯싶다. 아마 발표는 연재 형 식으로 이루어진 것 같다. 나는 이것이 서책의 형태로 공간되 는 지금의 시점에서 이 글의 서지적인 정보 상황을 전혀 알지 못한 채 해설 원고의 청탁을 받았다.

《잃어버린 시간을 위한 문학 기행》은 옴니버스의 형식으로 구성되어 있다. 그 첫 번째 작품이 〈호사스런 폐허의 매력〉이 다. 여기에는 소설가 이병주가 1971년에 로마에 오게 된 내력 과, 로마 문명을 바라보는 관점이 자유로운 필치로 서술되어 있다. 그가 로마에 오게 된 것은 그와 권력 간의 달콤한 거래 (타협)가 개입된 정치적인 이해관계를 배경으로 한다.

주지하듯이 소설가 이병주는 1960년대에 정치적인 문제 인물이었다. 그는 반정부적인 언론인으로서 투옥되어 복역했고, 그 후 사면을 받은 이후에는 〈소설·알렉산드리아〉로 재등단하여 본격적인 작가 생활에 접어들었던 것이다.

그가 1971년에 로마에 가게 된 시점은 대통령 선거 기간과 맞물려 있었다. 한때 정치범이었던 그는 권력으로부터 "헤엄을 쳐서 나간다면 모르되 그러지 않고선 절대로 당신을 해외에 내보낼 수 없다"라는 말을 들었다. 그런 그가 쉽게 로마로 올 수 있었던 데는 불법적이고 초헌법적인 3선개헌을 감행하려는 박정희 정권이 겁 없이 지껄이고 글을 쓰는 불평분자, 즉 반체제 지식인을 선거 기간 동안에 외국에 추방하는 게 낫겠다는 정치적인 의도가 전제되어 있었다. 이 덕분에 그는 불가능해 보였던 해외여행을 할 수 있었고 또 그 역시 당선이 필지의 사실인 권력의 눈 밖에 난 행동을 함으로써 일신의 위험을 무릅쓸 필요성이 없었던 것이다. 어쨌든, 그가 로마의 폐허를 보고 느낀 감회는 남달랐다.

석양을 달아 원주圓柱, 돌, 풀들이 그늘을 동반하여 선명한 그림이었다. 2천년 저편으로 사라져 간 영화의 편편片片. 폐허가 이처럼 호사스러울 수 있을까. 문명의 호사가 폐허를 통해서만 비로소 빛날 수 있다는 것은 역사란 원래 허망虛妄의 바닥에 놓인 수繡와 같은 것이기 때문이다.

우리 경주엔, 우리 부여엔 폐허마저 없다는 생각이 들었다. 유적은 있으되 폐허가 없다는 것은 폐허를 남길 문명의 무게가 없었다는 뜻으로도 된다. 포로 로마노의 폐허는 남기지 않으려야 남기지 않을 수 없는 폐허이다. 이를테면 아직도 그 폐허는 발언권을 가지고 있다.

로마에 대한 이병주의 첫인상이랄까, 지적 성찰은 폐허에 대한 아름다움과 역설의 현란함을 보여주고 있다. 그런데 그의 글 행간에 자신의 성찰이 자조적인 시각이 배여 있기도 하다. 지천으로 열려 있는 경주와 부여의 폐허가 그의 눈에 비친 호사스러움에는 미치지 못해도 우리에게도 충분하다는 것. 폐허를 남길 문명의 무게가 과연 없었을까 하는 상대적인 기준에 대한 의문이 남는다는 것. 그의 생각의 밑바닥에는 1960년대 서구인들이 본 아시아관이 깔려 있지 않는가 하는 것……

서구인들의 대對아시아관은 아시아가 가난·무지·질병·허약·왜소·미신 등의 만성적인 후진성의 대명사 그 자체였다. 이병주가 로마에 가서 로마의 폐허를 찬미하고 여기에서 비롯된 유럽 정신이 지닌 위대함의 주형鑄型을 이루게 되었음이 40년이 지난 오늘날에도 과연 이르고 있는가? 지금 과잉 복지의 정책으로 휘청대고 있는 유럽이 아닌가? 아시아는 아직도 만성적인 후진성의 늪에서 허덕이고 있는가? 대국굴기의 기치 아래 초강대국으로 다가서고 있는 중국과, 강소국을 지향하는 한국·대만·싱가포르……. 이병주의 1971년 식의 로마관은 아무래도 1950년대 한국 지식인 사회에 퍼져 있었던 전통 단절론과 결코 무관하지 않은 것 같다.

두 번째 작품은 〈문학의 절실성〉이다.

이병주는 1971년 로마에 체류할 때 낯선 이방인과 친교를 맺게 된다. 우선 만나 알게 된 사람은 마크다. 마크는 우리 식의 나이로는 갓 스물의 대학 1년생이다. 그는 마크로부터 그의 어머니인 켈리를 소개받는다. 켈리는 여배우 에버 가드너를 닮은 요염한 풍정風情의 중년 여인이다. 문학을 애호하는 교양 있는 미국의 여인과 한국의 중년 작가가 만나 자연스럽게 문학에 관한 얘깃거리를 주고받는 것은 자연스러운 일일 것이다. 여인이 구사하는 언어의 수준은 매우 소피스티케이트하고 치밀했다. 두 사람이 괴테의 이탈리아 기행시 한 편을 두고 벌인 토론은 무척 인상적이고 수준 또한 높다.

로마를 떠나려고 하는
마지막의 밤!
슬픈 거리의 모습을 다시 한 번
마음속으로 거닐며
그리운 수많은 것들을 버린
밤과 밤을 생각하곤
쏟아져 흐르는 눈물의 방울방울을 어떻게 할 수 없구나.

그 밤.

사람 소리도 개 짖는 소리도

잠잠해 버리고

루미나 月姬만이

밤의 수레를 타고 하늘 높이

지나가더라.

아아, 나는 그것을 보고…….

켈리는 이병주에게 이 시를 읽어주었다. 이병주는 '괴테는 위대하지만 절실하지 않다'라고 말한다. 두 사람 사이에 있었던 얘기의 요지는 이렇다. 켈리가 말하기를, 위대한 것이 절실한 것인 줄 알았는데, 당신 얘기를 들어보니 뭔가 석연해지고 무슨 획일적인 기분에서 풀려난 것 같다. 이병주의 말. 셰익스피어도 마찬가지다. 셰익스피어는 위대하지만 그의 작품들이 절실성의 측면에서는 안톤 체호프의 단편 소설에 미치지 못한다. 켈리는 그의 말에 공감하면서 문학의 절실성은 다름 아니라 체험의 절실성이 아니겠냐고 반문한다.

이병주가 로마에 머물 무렵에 평소 지인인 영화배우 최은희도 로마에 머물고 있었다. 그는 최은희와의 만남도 가졌으나, 비록 최은희가 1950년대 이래 한국을 대표하는 주연 배우일지라도 《잃어버린 시간을 위한 문학 기행》에서는 조연에 불과하다. 이 작품 속에서는 남녀의 주인공이 어디까지나 이병주와 켈리였다.

세 번째 연작 〈로마의 휴일〉에 이르면 극적인 반전이 이루어
진다.

주지하듯이, 〈로마의 휴일〉은 한 나라의 공주가 잘생긴 기자
와 우연히 만나 신분을 감추며 바람이 나게 된 얘기로 엮인 영
화다. 이병주가 작품이 제목을 '로마의 휴일'로 정한 것도 까
닭이 있다. 그가 미국 중산층 백인 여성으로서 유부녀이기도
한 켈리와 제3국인 이탈리아 로마에서 만나 불륜 행각을 벌인
곳이 바로 로마이기 때문이다. 휴일은 일상으로부터의 일탈을
의미하는 것. 가벼운 바람기에서 육체적인 불륜까지 포괄하는
개념이다.

> 클레오파트라처럼 당당하게 군림하기 위해 이 세상을 태어
> 난 것 같은 여성이 이처럼 수줍은 소녀가 될 수 있다는 것은
> 확실히 놀람이 아닐 수 없었다.
>
> ......
>
> 로마의 봄밤은 의외로 짧다.
>
> 커튼이 희부옇게 떠올랐다.
>
> "마크가 깨기 전에 가야지."
>
> 하고 켈리는 침대에서 내려가 옷을 입기 시작했다. 박명薄明
> 속에 탐스런 여체가 움직이는 것이 꿈속의 정경과 같았다.
>
> "11시에 전화할게요."

이 말을 남겨놓고 켈리는 도어 저편으로 사라졌다.

이병주는 켈리와의 불륜에 대한 복선을 이미 깔아놓고 있었다. 그가 묵고 있는 호텔 아란치(오렌지)를 두고 글의 첫머리에 "남의 눈을 두려워하는 남녀의 밀회 장소로서 어울릴 것 같은 비밀스러운 분위기다"라고 밝히고 있듯이 말이다. 또 그는 로마에선 음탕도 예술이다, 라는 세네카의 말을 인용하고 있지 않았던가?

최근에 세간에 화제가 된 또 하나의 '로마의 휴일'이 있었다. 이병주가 '로마의 휴일'을 향유할 즈음에 영화배우 신성일은 아나운서 출신의 미모의 여인 김영애와 운명적인 외도를 즐겼다. 이 두 사람의 관계는 오래가지 못했다. 신성일에게 엄연하게 처자가 있었기 때문이었다. 또 당시 최고의 배우로서 철저한 자기 관리가 무엇보다 필요했다. 그들은 유럽 전역을 돌아다니며 이별 여행을 한 후 일본 동경의 국제공항에서 헤어졌다. 한 사람은 미국으로 갔고, 한 사람은 귀국했다. 신성일의 '로마의 휴일'은 공포되기까지 정확히 40년이 걸렸다. 그러나 이병주의 그것은 10여 년 만에 글로써 까발려졌다. 작가가 배우보다 열린 생각이 30년 정도 앞서 가야 하는 것은 맞다.

이병주의 불륜이 충격으로 받아들여질 수 있는 얘깃거리이기도 하겠지만, 그는 불륜 정도의 사생활을 수용할 수 있을 만큼 스케일이 큰 인물이기도 하다.

《잃어버린 시간을 위한 문학 기행》은 기승전결 식의 구성으로 된 글이다. 마지막 작품인 〈어쩌다 그렇게 된 걸까요〉는 기승전결 중에서 결에 해당한다. 여기에 이르면, 그가 자신의 엽색 경험을 고백한 것에 대한 사실을 호도하기 위한 문학적인 분식의 장치가 마련된다. 물론 자신이 정당성이 부여된 것은 정치범으로서의 자기 해명 같은 것이다. 그는 켈리와 10년 이상 교제를 했다. 직접 만나기보다는 우편물로 통한 의사소통이었다.

왜 당신이 감옥에 가지 않으면 안 되었나?

이병주에 대한 켈리의 궁금증은 10년이나 지속되었다. 그는 3개월에 걸쳐 쓴 장문의 글―타이프 용지 100장 정도의 분량―을 써 보낸다.

그가 신문사 주필로 재직하고 있을 때 5·16 군사혁명이 일어났고, 쿠데타 세력은 '조국의 부재'와 '통일에 민족의 역량을 집결하라'라는 제목의 과거 논설을 들추어내어 그를 불온한 용공주의자로 지목해 투옥했다. 이 사건을 중심으로 그가 살아온 내력을 써 보냈던 것. 이 얘깃거리는 소설 《그해 5월》에서도 형상화되기도 했다. 그는 이 사건을 계기로 "나라의 성원 대다수가 민주적 인격과 능력을 갖추었을 때 비로소 민주주의는 가능하다"라는 소신을 갖게 된다. 그의 정치관은 이 관념에서부터 자유로울 수가 없게 된 것이다. 10년 후가 그가 다시 로마에 갔을 때 켈리에 대한 향수의 감정이 외로움으로 남게 되어 "당신 없는 로마는 로마가 아니었다"라는 상념에 빠지고 만다. 불륜의 경험치고는 매우 로맨틱한 성격의 불륜 경험이었던 것이다.

3

본고의 대상이 된 이병주의 글《잃어버린 시간을 위한 문학기행》이 지닌 또 다른 의미가 있다. 다름이 아니라, 여기에는 자신의 자전적인 삶의 내력이 적잖이 할애되어 있다는 것. 과문한 탓에 잘은 모르겠으나, 이른바 여타의 잡문류 글에서는 그의 성장기 얘기는 그다지 많지 않다고 여겨진다.

그의 할아버지는 면암 최익현과 교유가 있었고, 그는 두 사람이 지리산에 올라 작시의 기록을 남긴 것을 소중하게 간직하기도 했다. 그의 집안은 경남 하동 지역에선 8형제 8천석으로 소문이 나 있었다. 그는 유복하게 성장했다. 안남골 安南谷에 자리잡은, 산정山亭을 곁들인 대궐 같은 집에서 유년기와 소년기를 보냈다. 그러나 3·1운동에 관여해 대구 감옥에 수감된 중부를 구출하기 위하여 진주에 사는 일인 고리대금업자 시미즈 清水란 자에게 자금을 끌어들이면서 가세가 점차 몰락해간다. 그는 가학으로 전통 한문 교육을, 제도적으로는 일본식 황국신민화 교육을 받았다. 그가 어릴 때 백부로부터 《추구秋句》라는 책을 배울 때 모두문인 '천고일월명天高日月明, 지후초목생地

厚草木生'부터 지적인 호기심을 갖는다. 이 뜻의 깊이를 알기 위해서는 성장하면서 서양의 학문을 배워야 함을 깨닫게 되었던 것이다. 그가 훗날 동서양을 아우르는 박람강기의 문필가로서 일세에 풍미한 것도 어릴 적의 교육의 힘이거나 지적인 호기심에서 비롯된 것이 아닐까 한다. 이와 관련하여 《잃어버린 시간을 위한 문학 기행》에서 이병주 풍의 어록 하나 다음과 같이 남기고 있다.

동양의 웅장한 지적 풍경을 거시적으로 조명하기 위해선 유럽인이 고안한 망원경을 빌려야 하고, 동양의 그 치밀한 정신의 무늬를 미시적으로 관찰하기 위해선 역시 유럽인이 창안하여 만든 현미경을 빌려야 하는 것이다.

그의 《잃어버린 시간을 위한 문학 기행》에서 세 번째 작품에 해당하는 〈로마의 휴일〉에선 그의 첫사랑에 관한 얘기가 꽤 자상하게 기록되어 있다. 그는 거향 예배당에서 만난 연상의 여인은 누님뻘 처녀였다. 그는 지금으로 볼 때 초등학생 시절 때 여고생을 짝사랑했던 것. 이 여인과의 인연은 한참 이후에 마산에서 우연히 만나 다시 알게 된다. 그녀의 아들이 서울대 의대를 졸업한 의사로서 자신의 지인이 되게 된 내력도 밝혀놓고 있다.

인간 이병주는 역마살이 낀 사람인지 모른다.

그의 인생 유전은 드라마틱하다. 그는 소학교 시절부터 고향 북천면에서 양보면으로 유학해야 했다. 그 후 진주에서 학업이 이어지고, 일본 유학생과 중국 학도병으로서의 삶을, 해방 이후에는 부산과 서울 등지에서 교원, 언론인, 전업 작가로서 삶도 영위했다.

그의 삶이 극적이었듯이 그의 사상도 다양했던 것으로 생각된다. 친일은 아니지만 일본 문화에 우호적이었고, 좌파 논객은 아니지만 약간의 아나키스트적인 면모도 보여주었고, 정치적인 면에 있어서는 본질적으로 리버럴했지만 만년에는 좀 우경화의 성향을 보여준 감도 있었다. 그는 정치권력과 늘 맞섰다. 그에겐 살아오면서 일제日帝, 좌익, 박정희 등의 정치권력과 만났으나, 결정적으로 순응하지도 투쟁하지도 않았다.

이번에 서책의 형태로 공간된 《잃어버린 시간을 위한 문학 기행》은 그의 극적인 삶, 다양한 사상 등의 숲에 놓여 있는 하나의 나무 정도로 읽혀야 할 것이다. 그런 점에서 그에 관한 한 결락된 부분을 보충하고 있다는 의의가 여기에 내포되어 있는 것이다.

1921	3월 16일 경남 하동군 북천면에서 아버지 이세식과 어머니 김수조 사이에서 태어남.
1933	양보공립보통학교 13회 졸업.
1940	진주공립농업학교 27회 졸업.
1943	일본 메이지 대학 전문부 문예과 졸업.
1944	와세다 대학 불문과에 재학 중 학병으로 동원되어 중국 쑤저우蘇州에서 지냄.
1948	진주농과대학과 해인대학(현 경남대학)에서 영어, 불어, 철학을 강의.
1954	문단에 등단하기 전 《부산일보》에 소설 《내일 없는 그날》 연재.
1955	《국제신보》에 입사, 편집국장 및 주필로 언론계에서 활동.
1961	5·16 때 필화사건으로 혁명재판소에서 10년 선고를 받고 복역 중 2년 7개월 후에 출감. 한국외국어대학, 이화여자대학 강사를 역임.
1965	중편 〈소설·알렉산드리아〉를 《세대》에 발표함으로써 문

단에 등단.

1966	〈매화나무의 인과〉를 《신동아》에 발표.
1968	〈마술사〉를 《현대문학》에 발표. 《관부연락선》을 《월간중앙》에 연재(1968. 4.~1970. 3.). 작품집 《마술사》(아폴로사) 간행.
1969	〈쥘부채〉를 《세대》에, 〈배신의 강〉을 《부산일보》에 발표.
1970	《망향》을 《새농민》에 연재. 장편 《여인의 백야》(문음사) 간행.
1971	〈패자의 관〉(《정경연구》) 등 중단편을 발표하는 한편, 《화원의 사상》을 《국제신보》, 《언제나 은하를》을 《주간여성》에 연재.
1972	단편 〈변명〉을 《문학사상》에, 중편 〈예낭풍물지〉를 《세대》에, 〈목격자〉를 《신동아》에 발표. 장편 《지리산》을 《세대》에 연재. 장편 《관부연락선》(신구문화사) 간행. 영문판 〈예낭풍물지〉, 장편 《망각의 화원》 간행.
1973	수필집 《백지의 유혹》(강남출판사) 간행.
1974	중편 〈겨울밤〉을 《문학사상》에, 〈낙엽〉을 《한국문학》에 발표. 작품집 《예낭풍물지》 영문판(세대사) 간행.
1976	중편 〈여사록〉을 《현대문학》에, 단편 〈철학적 살인〉과 중

	편 〈망명의 늪〉을 《한국문학》에 발표, 창작집 《철학적 살인》(한국문학), 《망명의 늪》(서음출판사) 간행.
1977	중편 〈낙엽〉과 〈망명의 늪〉으로 한국문학작가상과 한국창작문학상 수상, 창작집 《삐에로와 국화》(일신서적공사), 수필집 《성—그 빛과 그늘》(서울물결사), 《바람과 구름과 비》(동아일보사) 간행.
1978	중편 〈계절은 그때 끝났다〉, 단편 〈추풍사〉를 《한국문학》에 발표. 《바람과 구름과 비》를 《조선일보》에 연재, 창작집 《낙엽》(태창문화사) 간행, 장편 《망향》(경미문화사), 《허상과 장미》(범우사), 《조선일보》에 연재되었던 《미와 진실의 그림자》(대광출판사), 《바람과 구름과 비》(물결출판사) 간행. 수필집 《사랑받는 이브의 초상》(문학예술사), 《허상과 장미》(범우사), 칼럼 《1979년》(세운문화사) 간행.
1979	장편 《황백의 문》을 《신동아》에 연재, 장편 《여인의 백야》(문음사), 《배신의 강》(범우사), 《허망과 진실》(기린원) 간행, 수필집 《사랑을 위한 독백》(회현사), 《바람소리, 발소리, 목소리》(한진출판사) 간행.
1980	중편 〈세우지 않은 비명〉, 단편 〈8월의 사상〉을 《한국문학》에 발표. 작품집 《서울의 천국》(태창문화사), 소설 《코스

모스 시첩〉(어문각),《행복어사전》(문학사상사) 간행.

1981	단편 〈피려다 만 꽃〉을 《소설문학》에, 중편 〈거년의 곡〉을 《월간조선》에, 중편 〈허망의 정열〉을 《한국문학》에 발표. 장편 《풍설》(문음사),《서울 버마재비》(집현전),《당신의 성좌》(주우) 간행.
1982	단편 〈빈영출〉을 《현대문학》에 발표.《그해 5월》을 《신동아》에 연재. 작품집 《허망의 정열》(문예출판사), 장편 《무지개 연구》(두레출판사),《미완의 극》(소설문학사),《공산주의의 허상과 실상》(신기원사), 수필집 《나 모두 용서하리라》(대덕인쇄사),《용서합시다》(집현전), 소설 《역성의 풍·화산의 월》(신기원사),《행복어사전》(문학사상사),《현대를 살기 위한 사색》(정음사),《강변 이야기》(국문) 간행.
1983	중편 〈그 테러리스트를 위한 만사〉를 《한국문학》에, 〈소설 이용구〉와 〈우아한 집념〉을 《문학사상》에, 〈박사상회〉를 《현대문학》에 발표, 작품집 《그 테러리스트를 위한 만사》(홍성사), 고백록 《자아와 세계의 만남》(기린원),《황백의 문》(동아일보사) 간행.
1984	장편 《비창》을 문예출판사에서 간행, 한국펜문학상 수상, 장편 《그해 5월》(기린원),《황혼》(기린원),《여로의 끝》(창작

문예사) 간행. 《주간조선》에 연재되었던 역사 기행 《길 따라

발 따라》(행림출판사), 번역집 《불모지대》(신원문화사) 간행.

1985 | 장편 《니르바나의 꽃》을 《문학사상》에 연재, 장편 《강물이

내 가슴을 쳐도》와 《꽃의 이름을 물었더니》, 《무지개 사냥》

(심지출판사), 《샘》(청한), 수필집 《생각을 가다듬고》(정암),

《지리산》(기린원), 《지오콘다의 미소》(신기원사), 《청사에

얽힌 홍사》(원음사), 《악녀를 위하여》(창작예술사), 《산하》

(동아일보사), 《무지개 사냥》(문지사) 간행.

1986 | 〈그들의 향연〉과 〈산무덤〉을 《한국문학》에, 〈어느 익일〉을

《동서문학》에 발표. 《사상의 빛과 그늘》(신기원사) 간행.

1987 | 장편 《소설 일본제국》(문학생활사), 《운명의 덫》(문예출판

사), 《니르바나의 꽃》(행림출판사), 《남과 여 ―에로스 문화

사》(원음사), 《남로당》(청계), 《소설 장자》(문학사상사), 《박사

상회》(이조출판사), 《허와 실의 인간학》(중앙문화사) 간행.

1988 | 《유성의 부》(서당) 간행, 대하소설 《그해 5월》을 《신동아》

에, 역사소설 《허균》을 《사담》에, 《그를 버린 여인》을 《매

일경제신문》에, 문화적 자서전 《잃어버린 시간을 위한 메

모》를 《문학정신》에 연재, 《행복한 이브의 초상》(원음사),

《산을 생각한다》(서당), 《황금의 탑》(기린원) 간행.

1989	《민족과 문학》에 《별이 차가운 밤이면》 연재. 장편 《허균》, 《포은 정몽주》, 《유성의 부》(서당), 장편 《내일 없는 그날》 (문이당) 간행.
1990	장편 《그를 버린 여인》(서당) 간행, 《꽃이 된 여인의 그늘에서》(서당), 《그대를 위한 종소리》(서당) 간행.
1991	인물 평전 《대통령들의 초상》(서당), 《달빛 서울》(민족과문학사) 간행, 《삼국지》(금호서관) 간행.
1992	《세우지 않은 비명》(서당) 간행. 4월 3일 오후 4시 지병으로 타계. 향년 72세.
1993	《소설 정도전》(큰산), 《타인의 숲》(지성과사상) 간행.

김윤식

서울대학교 국어국문학과와 동 대학원을 졸업했고 1962년 《현대문학》에 〈문학사방법론 서설〉이 추천되어 문단에 발을 들여놓았다. 한국 근대문학에서 근대성의 의미를 실증주의 연구 방법으로 밝히는 데 주력했으며 1920~1930년대의 근대문학과 프롤레타리아문학이 가지는 근대성의 의미를 밝히고자 했다. 1973년 김현과 함께 펴낸 《한국문학사》에서는 기존의 문학사와는 달리 근대문학의 기점을 영·정조 시대까지 소급해 상정함으로써 뜨거운 논쟁을 불러일으키기도 했다. 현대문학신인상, 한국문학작가상, 대한민국문학상, 김환태평론문학상, 팔봉비평문학상, 요산문학상 등을 수상했으며 저서로 《문학사방법론 서설》, 《한국문학사 논고》, 《한국 근대문예비평사 연구》, 《황홀경의 사상》, 《우리 소설을 위한 변명》, 《한국 현대문학비평사론》 등이 있다.

김종회

경희대학교 국어국문학과와 동 대학원을 졸업했고 1988년 《문학사상》을 통해 평단에 나왔다. 김환태평론문학상, 한국문학평론가협회상, 시와시학상, 경희문학상을 수상했으며 2008년에는 평론집 《문학과 예술혼》, 《디아스포라를 넘어서》로 유심작품상, 편운문학상, 김달진문학상을 수상했다. 특히 《디아스포라를 넘어서》는 남북한 문학 및 해외 동포 문학의 의미와 범주, 종교와 문학의 경계, 한국 근대문학의 경계 개념을 함께 분석한 평론집으로 평가받고 있다. 저서로 《한국소설의 낙원의식 연구》, 《위기의 시대와 문학》, 《문학과 전환기의 시대정신》, 《문학의 숲과 나무》, 《문화통합의 시대와 문학》 등이 있으며 엮은 책으로 《북한 문학의 이해》, 《한민족 문화권의 문학》, 《한국 현대문학 100년 대표 소설 100선 연구》, 《문학과 사회》 등이 있다.